V I O L E N C E

著

图书在版编目（CIP）数据

刺 / 李尚龙著. — 北京 : 北京联合出版公司,
2018.2

ISBN 978-7-5596-0838-3

Ⅰ. ①刺… Ⅱ. ①李… Ⅲ. ①长篇小说–中国–当代
Ⅳ. ①I247.5

中国版本图书馆CIP数据核字（2018）第008691号

刺

作　　者：李尚龙
责任编辑：夏应鹏
封面设计：仙　境
版式设计：木言设计

北京联合出版公司出版
（北京市西城区德外大街83号楼9层　　100088）
北京嘉业印刷厂印刷　　新华书店经销
字数156千字　　880毫米×1230毫米　1/32　　9印张
2018年3月第1版　　2018年3月第1次印刷
ISBN 978-7-5596-0838-3
定价：45.00元

序

这本书从构思到写成，整整一年。

无数个夜晚，无数瓶酒，我沉浸在故事里故事外，无法自拔。

故事是点亮人心的明灯，如果可以，就让这个故事，警醒世人。

谢谢这些人，如果没有你们，也不会有这部作品：

谢谢李尚晶，我的亲姐姐给我的灵感。

谢谢我刚出生的外甥。

谢谢我的父母，谢谢我的团队：白冀恬、于洋、冰冰、曲秋妍、宋本睿、郭怡等。

谢谢磨铁图书的各位。

谢谢我兄宋方金老师给书名的指导和提供的酒，好的酒和有趣的人，才能滋生出有趣和深刻的故事。谢谢编剧于莉，谢谢制片人肖霄、方征以及编剧帮帮主杜红军的帮助，如果顺利，这本书的影视化也很快能在准备充分后进入筹划。

谢谢我的好朋友古典、白洁、刘轩、宋平明、沈煜伦、剽悍一只猫、陆俊文、周宏翔、尚兆民、尹延、杨熹文、孙晴悦……你们是第一批读完这本书的人，给予的反馈给了我特别多的信心和动力。

所以，当你拿到书，希望你省下三个夜晚，无打扰地读完。这三个故事，我写得很大胆，写得很用力，所以，希望你也能在安静的时光里，读完书中的字句。

再次感谢每位读者，感谢每位关心校园暴力的人。

天使不登台，魔鬼不退场。

没有你们，也不会有这部作品，愿我们一直能这样温暖这个世界。

Part *1*

蔷薇下的刺

1

“带刺的花有多少，你知道吗？”韩晓婷坐在座位上，慢吞吞地问着刘涛。

刘涛在韩晓婷的办公室里吓得说不出话来。窗外的风忽然吹进来，拨动了刘涛和韩晓婷的秀发，吹乱了她们的脸颊。她们都很美，只是一个盛气凌人，一个面露胆怯。

韩晓婷继续用低沉的声音说：“我在问你问题时，不允许你不说话。”

办公室的门是开着的，窗帘也没有拉上，声音从门内传到门外，公司其他人都在有意无意地听着这场领导对下属的发难。

韩晓婷说：“不说是吗？那就说说这份文案为什么写得这么有个性吧，准确来说，为什么写得这么烂吧。”

刘涛持续不说话，捏紧了拳头，低下了头，然后小声地反驳着："不烂。"

"不烂？我看你连基本常识都没有！你竟然给对方手机发布会的场地提供蔷薇，你是不是有毛病？万一扎到人怎么办？"韩晓婷继续盛气凌人地说着。

刘涛把头压低，想找个洞钻进去。

外面的同事显然都听了进去，他们有些好奇地抬起头听，有些埋着头偷偷地听，有些不想听却又不得不听。

韩晓婷起身，把脸贴近刘涛，好像要吃掉她，好像对她工作的不满已经转化成了对她的愤怒。她们的恩怨在十年之后被再次激起，她继续说："今天我就给你上上课。玫瑰、蔷薇、月季花、枸骨、枸橘、皂角、荨麻，还有仙人掌都是有刺的，以你的智商，至少应该知道仙人掌不是花。"

韩晓婷的桌子上，放着月季花，月季花旁是一沓文案。

这些年，韩晓婷一直喜欢带刺的植物，尤其是带刺的花。

刘涛不敢作声，只是低着头。此时，门被敲响，韩晓婷的秘书汪苒走了进来，她说："韩总，抱歉打扰了，有一份文件需要您签字。"

这暂时解救了刘涛。韩晓婷看了一眼文件，再看了一眼刘涛，接着说："你走吧，重新写一份文案！"

刘涛转身准备走。

韩晓婷头也没抬，说：“下午五点前，交给我。”

此时是下午三点，阳光照射到办公室的另一边，两个小时写一篇文案，肯定是来不及的。

刘涛想了想，转身走向韩晓婷的桌子，准备拿走文案，韩晓婷依旧没抬头，当着刘涛的面将文案全撕掉了，然后对刘涛说：“这种垃圾文案，你别想改一改就拿来糊弄我，不可能！重写！”

刘涛咬着牙，转身离开办公室，眼里全是委屈的泪水。

“世界残酷，江湖险恶，人心可畏，我还年少。”

这是刘涛成名后，写给所有人的一句话。

2

刘涛沮丧地回到家。

所谓家，就是一个被隔出来的单间。整个两居室被拆分成七户，她住的隔断间满打满算不到十平方米，上下铺，两个人住，自己住在下铺，上铺是公司的同事，也是自己在公司唯一的朋友——王薇薇。

王薇薇性格随和，单纯可爱，是公司的老好人。

此时她正在上铺靠着枕头，疯狂地打着当时最火爆的游戏。她用余光看到刘涛回到宿舍，头也没抬地问：“加班了？”

刘涛没接茬儿，打开电脑，在自己床上重新开始写给客户的文案。

五点前，她确实赶交了一份新文案给韩晓婷，却被再次否定了，还是公开的。

王薇薇一边打游戏，一边为她不平：“我觉得你写得挺好的，她说的花带刺的确是个问题，但也不是主要问题啊，不能把你批评得一无是处啊，而且，这已经不是第一次了。”

刘涛叹了口气，盯着电脑，没说话。

倒是王薇薇关了电脑，像个小孩似的叽叽喳喳：“韩总明显是故意为难你，这是赤裸裸的职场暴力啊，你得罪过她吗？我怎么觉得从你第一天进来她就在为难你呢？你跟你叔叔说了吗？”

刘涛这才说话：“我能怎么说啊？跟我叔叔说他介绍的工作领导是个暴君？何况……”

王薇薇叹了口气，说：“所以啊，上大学多学一项技能，毕业就少求一次人啊。”

刘涛也叹了一口气，继续打着字：“你不懂，她这么对我是有原因的。”

王薇薇从床上跳下来，边对着镜子化妆边说：“能有什么原因，要么是工作压力大，要么就是更年期提前了。”

刘涛看了一眼王薇薇，问：“你化妆干吗？”

王薇薇有些羞涩地说：“那傻子约我出去吃饭。”

刘涛笑着说：“看把你高兴的。”

王薇薇问刘涛：“你那位呢？”

刘涛继续打着字，说：“他今天加班，估计要到深夜了。最近他一直在忙，也不接我的电话。”

王薇薇化好妆，看了一眼堆满东西的衣柜之后对刘涛说：“这个包借我用用？”

刘涛点头，说：“那是我最好的包了。”

王薇薇笑着说：“知道你最好了。”接着，王薇薇出门，带着满脸的春光。

狭小的房间里，只剩下她一个人了。外面车水马龙，偌大的北京城，每个人都显得如此渺小又无能为力。

孤独中，刘涛打电话给她的男朋友王橙宇，那边依旧是忙音，没人接，她又打了几次，终于还是放弃了。

他们在一起多年，刘涛就是为了王橙宇才来北京的，可是，她却慢慢发现他与自己的距离越来越远，而现在，王橙宇甚至不接她的电话。

此时的王橙宇并没有闲着，他正在韩晓婷的豪宅里和她喝着 1996 年的拉菲。

王橙宇戴着眼镜，脸上有一块明显的丑陋胎记。

韩晓婷坐在王橙宇的身旁，视线尝试着避开他的胎记。他们的手紧紧地握在一起，准确地说，是王橙宇紧紧抓住了韩晓婷的手。韩晓婷对王橙宇说："和她分了吧，我和她曾经是同学，太知道她是什么人了。"

王橙宇一把搂过韩晓婷，笑着说："我和她分了，那我岂不是单身了？"

韩晓婷说："那你怀里搂的，难道只是一朵花？"

王橙宇说："就算是一朵花，也是最美丽的蔷薇。"说着，他笑着吻了过去。

韩晓婷用手挡住他的嘴，说："你知道我喜欢蔷薇，可是你知道蔷薇是有刺的吗？"

王橙宇拿开她的手，说："就算有刺，我也愿意遍体鳞伤。"说着，王橙宇扑了过去，韩晓婷手里的酒杯摔在了地上，摔得粉碎，伴随着王橙宇的喘息声，韩晓婷嘴角上扬。

人生是一场长跑，看谁能笑到最后。

韩晓婷这些天一直在想这句话。并且一边想着，一边得意地笑。

完全不知道发生了什么的刘涛，在狭小的房间里翻开了高中时候的合照，她看见照片上的自己笑得很开心，而远处的韩晓婷却面无表情，没有一丝笑容。

照片的背景，是学校那片独特的蔷薇，它们正灿烂地开着。

3

十年前，建国中学高一（3）班的教室里人头攒动，刚入学的新生们乱成一团。他们刚刚结束了假期，兴奋地回到学校，迎接高中的第一天。

有人说高中生活是蜜，有人说高中生活是药，无论是什么，终于该每个人用心品尝了。

学生们寻找着属于自己的座位，却发现班主任没有提前安排，大家只能随便坐了。

窗外是知了的叫声，教室里是同学们叽喳的说话声。

刘涛那年 15 岁，含苞待放，对高中生活充满憧憬。

她进入教室时，教室里已经没什么空座了，只剩第一排那几个和老师几乎零距离的空座。学生时期，没人喜欢坐第一排，第一排意味着不自由，意味着上课失去了睡觉的权利，意味着减少了和同桌搭讪的机会，意味着不能回头和后面的异性聊聊昨天看的动画片。

刘涛刚进教室，后排的两个女生就尖叫着打起了招呼，拼命地向她招手。刘涛走到后排，笑着对两个女生说："张蓓、张蕾，你们也在三班啊。"

她们拼命地点头，开心地笑着。

张蓓、张蕾是双胞胎，蓓蕾，是含苞待放的花朵，出自名篇《追和白舍人咏白牡丹》："蓓蕾抽开素练囊，琼葩薰出白龙香。"她们的父母喜欢古诗，也喜欢其中的韵味，于是给她们起了这两个名字。

她们的母亲中年事业有成后竟发现有了身孕，还是一对双胞胎，欣喜若狂。

可万万没想到的是，这两朵花一直到高中都没开，不仅没开，还凋谢得厉害。

她们小的时候没有太多的陪伴，但凡需要什么，父母总能及时给予，就算没有，她们在家哭闹或者摔东西，总能解决问题。她们的学习一塌糊涂，中考成绩更是惨不忍睹，在学校整天惹事，把家里的坏习惯带到了学校。

借助父母的强大关系和财力，她们以低分进入了建国中学的高中部。

刘涛和她们初中就在一个班，虽然交流不多，但关系还算不错。看见熟人，刘涛喜出望外，笑着说："后排都成你们的宝座了？"

张蓓嬉皮笑脸地说："要不你也赶紧加入我们？"

刘涛看了一眼前排，说："我也不想坐第一排，可是后排没位置啊。"

张蕾指了指旁边的那个女生，刘涛转过身，那是她第一次看到这个女生。

她很瘦小，戴着一副镜片很厚的眼镜，衣服上还有没洗净的油渍。她正拿着一本书，看得入神。虽然没怎么打扮，但依旧能看出是个美人坯子，在青春的夏日里，格外显眼。

张蓓和张蕾一起给刘涛使了个眼色，刘涛点点头，然后走过去，先是礼貌地说："同学，你能坐到前面去吗？我看你戴着眼镜，在后排不太方便看黑板。"

女生抬起头，没有正眼看她。

刘涛拍了一下她的肩膀，重说了一遍刚才的话。

女生冷冷地回答："不用，谢谢，我就想坐在这里。"

刘涛有些尴尬，但却无能为力，她看了一眼张蓓和张蕾。

张蓓忽然站起来，拍了一下桌子，冲着女生喊了一句话：“你坐前面去！这个位置是我们的。”

女生抬起头，有些不服气地看了她一眼，说：“谁说这是你们的了？”

张蕾也站了起来，说：“你是在建国附中上的初中吗？我们三个都是。”

张蕾一旦开始用“我们”，说话的声音也就大了一倍。

女生有些不懂，还是没有抬屁股起来的意思，她说：“那又怎么样呢？”

刘涛也被点燃了情绪，说：“不怎么样，前面不是有位置吗，你为什么不坐前面去？”

女生说：“因为我先来的，你为什么不到前面去？”

刘涛说：“那我跟你好好说话，你凭什么不理我？”

女生说：“我为什么要理你？”

张蕾走了过来，一把把那个女生的书包从抽屉里抽出来了一半，说：“我看你是有点儿敬酒不吃吃罚酒啊。”

女生一把拉住了书包，书包飘荡在空中，被两边拉扯，女生说：“你们真是不讲道理！”

刘涛在一旁看呆了。

张蓓看张蕾愤怒了，不知道自己哪里来的勇气，也跳了出来，拍了一下女生的桌子，说："我给你三秒钟，你到前面去，要不然后果自负。"

说完，张蓓开始倒计时，张蕾跟着一起数，刘涛在一边，恶狠狠地看着这位女生。当她们喊到"一"时，班主任王老师走了进来，看着乱哄哄的班级，大喊了一声："干什么啊？上天了？这才第一天，这么嚣张？准备上课！"

张蓓愤愤不平地回到座位上，张蕾也撒了手。女生书包里的文具和书一下子撒了一地。女生立刻蹲下来捡，刘涛故意用脚踢了一下落在地上的杂物，女生一把抓住了刘涛的腿。

刘涛死命踢了她一脚，挣开了她的手，这时王老师在一旁喊着："刘涛在那儿站着干吗？你到前面来坐！"

刘涛愤愤地拿着书包，走到了第一排，先给双胞胎做了个鬼脸，然后瞪了一眼身旁的那位女生，赌气地坐下了。

王老师开始说话："位置先这么坐，以后再调整。上课不要交头接耳，有什么事下课解决，好，咱们开始上课。"

正在此时，上课铃响了，清脆的铃声让大家肃然起敬，却让张蓓、张蕾、刘涛三人咬紧了牙关。

那是个炎热的夏天，炎热容易让人浮躁，青春容易让人浮夸，软弱容易让人愤怒，无知容易让人产生攻击性。

从老师的点名中，大家知道了这个姑娘叫韩晓婷。

4

韩晓婷家庭不幸。她父亲在一场车祸中去世，母亲从车里被救出来时，重度昏迷，怀里还抱着一直在哭的她。几天后，医生说手术成功，可惜母亲却从此失去右臂，而且此后母亲话也很难说清楚，变成了口吃。

幸运的是，韩晓婷自己没事。

从此，韩晓婷成了母亲的全部。

随着韩晓婷慢慢长大，她逐渐发现了自己和别人的不同，别人的家长会都有父亲参加，而自己的从来都只有母亲参与，为此经常被班上的同学笑话。

但韩晓婷没有感到羞耻，她开始明白，母亲养育自己不易。她告诉母亲，自己一定要好好学习，永远不让母亲失望。等她大学毕业找到好工作后，赚到钱，一定要让母亲过上好日子。母亲说话结巴，加上手臂缺失，不得不辞掉稳定的工作，做一些小本生意，艰难地过日子。

母亲不太愿意见人，因为表达能力不好，除了做小本生意，剩下的时间就在家里照顾韩晓婷。

她时常鼓励女儿，让女儿一定要好好学习。女儿也争气，没有桌子，就在门外的石头上写作业；没有灯，夜里就打着手电筒看书。经过初三一年的努力复习，中考她拿了全班第一。

韩晓婷考上建国中学那年，母亲激动地拿着录取通知书在村里跑了起来，一边结结巴巴地表达着，一边流着激动的眼泪，直到全村的人都清楚了她想表达的意思。

一些人为她高兴，一些人笑她一个结巴终于看到曙光了，总之，她确定大家都知道了这件事之后，才开心地回到家。

接着，韩晓婷去了县城，进了县城最好的建国中学。

韩晓婷不太懂得如何与别人交流，好在十分能吃苦。高一那年，人人都很懵懂，老师轮番轰炸，不停地讲述着高考的重要性，讲述着他们的学长学姐们成功与失败的案例，借此激励和警醒在座的每个人，大家目不转睛，一直看着老师，生怕落下了什么重要信息。

知了天天叫，太阳想要晒化每一个人。一到中午，大家就困得一塌糊涂，张蓓、张蕾坐在最后一排，她们永远躲在一堆书的后面，要么趴在桌子上流着口水，要么倒在桌子上看着漫画，学习从来都是三分钟热度。一段时间后，大家也就习惯了。

全班只有韩晓婷认真地看着黑板，时不时还举手发言，她记得自己的使命，知道知识可以改变命运。

每次举手，张蓓、张蕾都用鄙视的眼神看着她，好像她们上课所做的才是应该的。

韩晓婷喜欢一个人待着，每次下课，她都会独自走下楼，去看看学校里的那片蔷薇。那片蔷薇很美，香味扑鼻，每次闻到，她都会想：自己好不容易才考到了这里，因为努力，才能看到这美景，那么就继续努力争取看到更大的世界吧。

她给自己加完油，洗把脸再回到教室继续上课。有时，她还把自己想说的写在日记本中。

日子一天天地过去，终于第一学期的期中考试来了，经过三天如火如荼的考场厮杀之后，老师拿着厚厚的卷子走进教室，全班都目不转睛地看着老师庄严地走上讲台，像是盯着自己的未来。

老师从最后一名开始念成绩，他大声地念着，仿佛想让每个人都记住这一刻：“今天念成绩，是想让你们记住自己的排名，如果下次还是没有进步，不好意思，我就会让你们坐在第一排——我的眼皮底下，我看你们还敢不敢不好好学习。”

说完，老师瞪了一眼张蓓、张蕾，然后念出了她们的名字：“第五十四名，也就是倒数第一名——张蕾！第五十三名，张蓓！你们还真是双胞胎！”

两人低着头上台拿卷子，面面相觑。老师看着她俩同时走上来，有些分不清，就问：“谁是张蕾，谁是张蓓？无所谓了，反正都是倒数，名次你们自己回家分吧。”

忽然，全班开始哄笑。

老师不好再多说什么，毕竟谁都知道她们来学校就是为了一个学历。两人不好意思地回到座位上，斜眼一看，发现韩晓婷也在笑。

张蓓提醒张蕾看了看韩晓婷，张蕾故意一脚踢到了韩晓婷的凳子上，韩晓婷看了她们一眼，假装什么也没发生，收回了笑容。

名次念到后面，老师口干舌燥，开始放慢速度：“第三名刘涛，第二名肖帅。肖帅和刘涛都不错，从初中到现在成绩一直很稳定。第一名……”老师故意停顿了一下，慢慢念出，“韩晓婷。”

老师念完名字，全班都朝那个方向看，看着那个女生。

老师继续说：“晓婷这次的作文是全班唯一的满分，写得非常好，一看就知道她读过很多书，引经据典，十分动人，得到我们几个老师的一致好评，大家要向她学习啊。”

全班鼓掌时，韩晓婷上台，肖帅转过身，仔细看了看她，目光逼人，这引起了韩晓婷的注意，她低下了头，偷偷看了一眼肖帅。

而肖帅的目光一直停留在韩晓婷身上，坐在第一排的刘涛，把这两个眼神看得一清二楚。

肖帅是一个典型的中产阶级家庭的孩子，中考结束后，就留在了建国中学。他不仅会打球，学习成绩还非常好，重要的是，十分讨女孩子欢心。

老师继续说："那么今天先请韩晓婷同学读一下自己的文章。"韩晓婷重新起身，拿起试卷，准备上台，张蕾伸出脚，使劲绊了她一下，韩晓婷像一张没有重量的纸，轻轻地飘了起来，然后重重地跌倒在地。

忽然，全班爆发出快活的笑声。

老师将这一切尽收眼底，刚准备说话，却看到张蕾立刻起身说："不好意思，我没看到你过来。"

老师碍于张蕾父母的情面，只是说："快站起来，要注意安全，来，读吧。"

韩晓婷忍住眼泪，在台上读出了自己的作文。

优美的语句，像盛开的花，且是夏天最香的那一朵。全班同学都在仔细听，尤其是肖帅，目不转睛地看着她，直到她读完。

读完作文，她回到座位，一下子哭了出来。

5

韩晓婷的眼泪其实很复杂：一方面是因为委屈，毕竟谁遇到这样的事情，都会委屈；另一方面是因为激动，这是她在高中第一次获得第一名，她用事实证明了从小村庄里出来的学生也能考到县城的第一名，她证明了自己能在不远的将来给母亲一个她想要的生活。

那天放学，她擦干了眼泪，兴高采烈地回家，想给母亲报喜，只是没想到自己的噩梦就此开始了。

她走到校门口，背后传来一个熟悉的声音："韩晓婷！你站住！"

韩晓婷转身，看到刘涛、张蕾和张蓓走了过来。

此时，放学已久，周围稀稀拉拉没有几个人。

韩晓婷推着自行车，转过头，问："你们有事情吗？"

刘涛严肃地说："今天上课张蓓、张蕾拿卷子的时候，你是不是笑话她们了？"

韩晓婷没有反应过来，于是不吱声。

刘涛继续说："不就考了个第一吗？有必要嘲笑同学吗？"

韩晓婷有些不满，说："我没有笑。"

张蓓狠狠地说："我明明看到你笑了。"

韩晓婷反驳道："可是大家都在笑。"

张蕾的声音忽然提高了几分贝，说："我不管大家笑没笑，反正我看到你笑了。"

韩晓婷知道被找了碴儿，不客气地回复："我没有笑，你有什么证据证明我笑了呢？"

张蕾逼近几步，鼻子差点儿贴到了韩晓婷的鼻子，说："你是不见棺材不掉泪吗？"

说着，刘涛与张蓓也走了过去，此时，肖帅从学校里推着车走了出来。

肖帅看到她们四个忽然说："哈喽各位，晓婷也在啊！"

肖帅冲着韩晓婷说："你住哪里？咱们一起走。"

刘涛接过话，说："好啊，肖帅，咱们一起走！"

肖帅好奇地问刘涛："刘涛，你搬家了？"

刘涛回答："没有搬家，还住在西边。"

肖帅笑着说："那咱们不顺路啊，哈哈，咱们一年前不就聊过这个问题吗？"

刘涛笑得有些尴尬："也是，哈哈。"

肖帅再次发出了邀请："晓婷，你呢？"

韩晓婷不知道发生了什么，但她知道，自己不排斥肖帅，和他一起走也没问题。可是，韩晓婷刚准备说话，张蓓一把搂住她，像是闺密一般，说：“肖帅，你赶紧走吧，别老想着追姑娘！我们晓婷才不和你一起走呢，她和我们一起住在西边。”

肖帅有些不好意思，说：“我追什么姑娘啊！我们是朋友。”他挠挠脑袋，“这样啊，那我走了，对了晓婷，你的文章写得特别好，有机会向你请教。”

说完，肖帅看了一眼韩晓婷，韩晓婷赶紧低下了头。韩晓婷眼神里透着恐惧，但肖帅完全没有察觉，他微微一笑，推着自行车走了，他的背影很潇洒，像是一阵风。他刚走远，张蓓就转身对刘涛说：“咱们换个地方吧，别在这里了。”

刘涛跟韩晓婷开了口：“韩晓婷，你跟我们去操场吧。”

韩晓婷转身推着车就走：“我不去，我要回家。”

张蕾一把从背后掐住韩晓婷的脖子，把韩晓婷和车分开，张蓓趁势抢走她的车，然后推着朝另一个方向走了，她说：“走吧，几分钟就完事。”张蕾掐紧她的脖子说：“你没有选择的权利。”

6

天色还早，天边残留一抹夕阳。

她们四个人，一路跌跌撞撞、推推搡搡地走到了西边的一个废旧操场，接着，韩晓婷被推到一个堆满废砖的角落。

刚停步，张蕾就回身一脚，踢中了韩晓婷的肚子，韩晓婷惨叫着捂住肚子，蹲坐在地上。

刘涛有些惊讶，她没想到张蕾会下手这么重，但她很快镇定下来。

张蓓在一旁大笑，笑声感染了刘涛，让她瞬间麻木，竟情不自禁地笑了起来，这一切，就像早被设计好了一般。

张蕾向前一步，说："你不仅贱，还敢跟肖帅眉来眼去，你知道肖帅是谁的吗？"

韩晓婷抬起头，对着她大喊："我没有。"

张蕾一把托起她的下巴，问："你没有什么？"

韩晓婷咬着牙，瞪着张蕾，狠狠地说了三个字："你等着。"

张蕾又是一巴掌打了过去，接着在惯性的作用下，又连续打了几个巴掌，好像正在挥舞一把扇子，啪啪打在韩晓婷的脸上。

韩晓婷用手挡着，一些巴掌落在她身上，一些落在她手上，几巴掌过后，张蕾边说边笑："我们等着，我们怕什么？哈哈哈哈。"

张蕾看着张蓓，说："你也来试试，我手麻了，哈哈！"

张蓓走过去，看了看韩晓婷，说："你说说，我们今天上台时你为什么笑？"

韩晓婷抬起头，狠狠地说："我笑你们这群社会渣滓。"

张蓓抓住韩晓婷的衣服，一巴掌打了过去。

那片空地上，除了她们没有别人。那几个翩翩少女一边挥舞着巴掌一边大笑，好像在做游戏。

天开始黑了，黑夜遮住了邪恶，让一切都不为人所知。人心在黑夜中最邪恶，尤其是一群人一起施恶时，群体能让人更有胆量。

张蓓打得兴起，索性抓起韩晓婷的头发，韩晓婷发出痛苦的呻吟声，张蕾也扑过去，又是连珠炮般的拳头，打到她的头上。韩晓婷咬紧牙关。

张蕾一边打，一边问："你错了没？错了没？"

张蓓也时不时挥着手，一边的刘涛，没有动手，只是满意地笑着。

张蕾、张蓓打累了，于是松开韩晓婷，韩晓婷的嘴角多了一丝血色。刘涛微笑着走过来，对韩晓婷说："你可能还不知道我们的威力，今天先让你看看，在班上给我学乖点儿，我们还要相处三年呢。"

韩晓婷抬起头，用充满红血丝的眼睛瞪着刘涛，刘涛微笑着贴近她的脸，这个动作，十年后被反了过来。

看着狼狈的韩晓婷，刘涛不知道自己为什么莫名其妙地感到兴奋，而这种兴奋，明显是从恐惧演变而来的。当双胞胎动手，韩晓婷无力地嘶喊时，她在心里暗暗窃喜。

此时，天已经黑透。黑透的天，是群体作恶的好时机，因为在她们眼中，没有天没有地，没有鬼神，只有她们，或者说，只有她们这个团伙。

刘涛满意地说了声“走”，忽然又回头补了一句：“记住，给我离肖帅远一点儿，你要是敢和老师说，我们下次弄死你！”

说完，她才满意地转身离开。

她们三人骑着两辆自行车嘻嘻哈哈地远去了，韩晓婷起身，直到她们离开很久后，才蹲在地上哭了起来。

操场上空无一人，哭声在黑夜里显得格外凄凉。

忽然，她的电话响了，电话那头是她口吃而且只有一只手的母亲，她擦干眼泪，忍住哭腔接了电话。

母亲焦急地问：“怎么还没回家？”

她忍着眼泪，说：“妈，今天补课了。”

母亲听出了不对劲，急问：“怎么了？”

韩晓婷说：“有点感冒，鼻子齉了。”

母亲宽心道：“那就好，回来一定要注意安全，我做了你最爱吃的红烧鱼。”

韩晓婷破涕为笑：“真的啊，我都饿死了。”

母亲也笑了，说：“快回来吧。”

挂了电话，韩晓婷的眼泪再次流了下来，她擦着眼泪推着自行车，知道自己该回家了。

此时，县城的路灯刚亮，她骑着自行车去公交站，把车锁在离公交站最近的车棚里，从公交站还要坐一个小时的车才能到家。

她蹲在公交车站等了足足半小时才坐上最近的一班公交。车上人很少，路上人也不多，空空的街道，空空的心，她从反光窗户里看到了自己充着血的脸，再次泪如雨下。

7

太阳依旧升起，铃声还在继续响着。

昨天的事情，埋藏在她们心中，所有人继续投入到学习中。

不一样的是，韩晓婷开始无法集中注意力上课，她不太敢看旁边的张蓓、张蕾，而对方却一直在强势地盯着她。

她的余光，总是不听话地停留在她们身上，容易走神。老师偶尔点名，让韩晓婷起来回答问题，她总像放空了一样，看一眼张蓓、张蕾，然后使劲地说不知道。

她开始无心听讲，时不时开小差，作业出现明显问题，像丢了魂似的。

在一个下午，王老师找到韩晓婷，让她去了办公室，问她：“你是不是骄傲了？”

韩晓婷回答：“老师，没有。”

王老师说：“那为什么总是心不在焉呢？作业也写得不走心了。”

韩晓婷脑子里回想起刘涛的话，被警告不准告诉老师，于是她说：“没有，只是最近有些不舒服。”

王老师问：“是病了吗？”

韩晓婷摇摇头说：“没有，就是不舒服。”

王老师笑了笑，好像懂了点儿什么，说了句让韩晓婷觉得奇怪的话：“青春期来了。”

韩晓婷有些没弄懂，可还是点了点头。

王老师继续说：“行吧，但你还是要多学多写，你是个写作天才，一定不要放弃，有空的话，多写写日记，可以给我看。”

韩晓婷点点头，想说什么，又戛然而止。

韩晓婷回到教室，班里乱成一锅粥。肖帅看见韩晓婷进来，起身走到她的座位旁。他的手里拿着一杯刚买的奶茶，对韩晓婷说：“看你最近状态不好，请你喝杯热奶茶吧。”

奶茶里的珍珠还在跳跃着，好像肖帅怦然而动的心。

韩晓婷接过奶茶，又看了一眼旁边的双胞胎，尴尬地说："谢谢你。"

张蓓在一边阴阳怪气地说："哟，挺殷勤的啊。"

肖帅看了看张蓓："我们就是普通朋友，你瞎叫什么啊？"

张蕾也加入了话题，说："还捍卫起来了，我们能说什么呢？哈哈哈。"

肖帅没有理她，只是拿出一个本子，递给韩晓婷，他蹲了下来，说："晓婷，这是我昨天写的作文，你帮我看看写得怎么样，跑题没。"

韩晓婷打开本子，一行行清秀的字映入眼帘。

忽然，上课铃声响了，肖帅说："你先看，对了，晚上放学我们一起走吧？我今天也往西边走。"

韩晓婷没说话，点了点头。

当一个人心里藏着事，若是好事，时间就会走得很快，因为那种期待是无与伦比的；若是坏事，时间就会走得很慢，因为那种恐惧会拉长时间，让人感到度日如年。

总之，那个下午，时间被拉得很长。

放学后，肖帅在门口等韩晓婷，韩晓婷推着车，恰好看到肖帅，胆怯地打了个招呼，就低头向东走去。

肖帅追上她，惊讶又高兴地说："怎么今天向东走了？"

韩晓婷说："我本来就住在东边。"

肖帅忽然明白了什么，笑着说："哦，这张蓓，满嘴都是胡话。"

韩晓婷推着车，认真地说："肖帅，你有事情吗？"

肖帅回答："哦，刚好我今天也向东走，咱们路上聊聊。"

韩晓婷跨上车："好。"

肖帅在一旁，问："晓婷，你看了我写的那篇文章吗？"

韩晓婷答："嗯。"

肖帅继续追问："你觉得怎么样？"

韩晓婷说："挺好的，就是最后一段有点跑题，如果能结合上下文写那个例子会更好。"

肖帅笑了笑说："还真是！对了，晓婷，你是怎么把文章写得这么好的？"

韩晓婷骑着车，时不时地看一眼身边这位翩翩少年，说："我就是喜欢读书，读完想想怎么用在作文里。并且我喜欢一个人待着，思考的时间比较多，不太合群。"

肖帅说："合群干吗啊，你这样多好，你看张蓓、张蕾，多合群，也就那样了。"

韩晓婷说："她们……是你的同学吗？"

肖帅说："是啊，她们的父亲是一家房地产公司的董事长，公司好像就叫蓓蕾集团，他给学校投资了一笔钱，现在是学校的股东，所以她们俩才整天无所事事、无恶不作。”

韩晓婷忽然问：“无恶不作？”

肖帅说：“对了，你不是我们初中的。我们班那会儿有个姑娘长得特别胖，她们两个就带头叫她‘猪妈妈’，一开始那姑娘也觉得是开玩笑，跟着一起笑，但后来她们总是这样叫，全班也跟风这么叫了。”

韩晓婷认真听着，肖帅继续说：“她们还经常刁难她，有时候把她的东西抢了让她在后面追，她太胖追不上，要么放弃要么摔倒。还有一次更过分，她们直接把固定凳子的钉子拔出来，她一坐凳子就垮了，那天啊，大家真是笑惨了。”

韩晓婷追问：“然后呢？”

肖帅说：“我记得这种欺负持续了一年，大家已经习惯在学习压力下一起调侃‘猪妈妈’了。”

韩晓婷问：“那这个女生后来怎样了？”

肖帅说：“直到有一天，‘猪妈妈’忽然在做课间操的时候晕倒，被送去医院，发现是因为低血糖。她为了减肥，已经三天没吃饭，之前是因为身体有病，才不停地长胖。”忽然一辆车飞快驶过，风刮进韩晓婷的衣服里，她打了个寒战。

肖帅继续说：“她的肥胖是一种遗传疾病引起的，不是因为吃得多，可是，当时大家都不知道。”

韩晓婷停住了车，转头跟肖帅说：“那为什么没人制止这种行为呢？”

韩晓婷那时还不知道，这就是欺凌或者变相暴力。

肖帅也停住了车，说：“当时大家都只觉得好玩啊。”

韩晓婷有些不满：“好玩？”

肖帅耸耸肩，说：“这是无聊生活中的一道甜点啊。”

韩晓婷咬了咬牙，问肖帅：“然后呢？”

肖帅淡然地说：“后来她转学了，谁也不知道她去了哪里。”

韩晓婷不说话了，肖帅看着韩晓婷，说：“好了，不说这些无聊的话题了，说说咱们。”

肖帅没想到的是，韩晓婷低着头说：“这些无聊吗？”

说完，韩晓婷径自骑着车走了，留下肖帅一个人一头雾水地待在路边。

8

夕阳西下，暗示着一天的结束，也预示着青春的流逝。

学校里的花朵和树木光合作用减弱后，少了许多活力。那片蔷薇花懒懒地低下了头。

韩晓婷回到家，母亲已经做好了一桌菜。听到了脚步声，母亲立刻起身，用一只手熟练地推开了门，然后紧紧地抱住了回来的孩子，她的脸上带着笑容，结结巴巴地说："晓婷，回……来了……"

韩晓婷看着一桌菜，说："妈，你怎么又做了那么多，说好我来做的嘛。"

母亲说："你……你的学习……太、太……忙了……我来做就好，这些都是你喜欢吃的。"

韩晓婷听完眼泪瞬间就流了下来。

这些年，母亲不容易，她一直没来得及孝敬母亲。她时常想，自己有时候甚至忙到没空给母亲做顿饭。

韩晓婷有些哽咽地说："妈妈，我一定会好好学习的，你放心。"

母亲不明白发生了什么，赶紧说："孩子，怎么了？"

韩晓婷本来想说自己在学校被欺负的事，可是，她看了看母亲，放弃了。

她淌着泪说："妈，没事，就是学习压力大。"

母亲搂着韩晓婷，帮她擦掉眼泪，说："别哭……咱们……都会……会……越来越好的。"

那顿饭很香，扑鼻的香气里，都是母亲的爱。她知道，自己除了坚强，别无选择。

那天夜里，韩晓婷失眠了，她不知道肖帅口中那个被欺负的女生转学后在做什么，后来过得怎么样，会不会留下心理阴影。

下一个，会不会是自己？

为什么张家的两姐妹可以为非作歹？为什么没受到惩罚？

她想起了那次自己被欺凌的感觉，愤怒涌上心头，可是这愤怒无济于事。

她如果告诉老师，姐妹俩会怎么对她呢？会变本加厉，还是会被制止？

也是在这天深夜，在一家大排档里，张蕾、张蓓和刘涛坐在室外，桌子上摆放着几瓶啤酒，这是父母不在家时姐妹俩的生活。刘涛在一旁张罗着，要了几串烤串，今天她的父母也不在家："我不喝啊，你们多喝点。"

张蕾给刘涛也倒了一杯，说："先倒着，你不想喝就不喝。"

张蓓很快进入正题，气愤地说："刘涛，我不服气，肖帅就这么被她抢走了？你看他今天来找韩晓婷那个谄媚样儿，真恶心啊。"

张蕾接了话，说："我查过了，她是单亲家庭，在她小的时候她爸就死了，只有妈妈，妈妈还是个断手。”

张蓓喝了一口酒，说：“就这么个玩意儿，还能跟我涛姐抢男人啊？”

刘涛说：“你可别折我的寿。对了，肖帅怎么说？”

张蕾说：“他还能怎么说，他今天都跟韩晓婷一起回家了。”

刘涛叹了口气：“只是顺路。”

说这话时，刘涛眼睛里透着些许伤感。

张蓓看出她的失落，转身对张蕾说：“也就是说，我们的警告对她一点儿用都没有，是吗？”

张蕾点点头。

张蓓这话看似抛向张蕾，其实是说给刘涛听的，多激怒一个人，她们作恶的团队就越庞大。

刘涛很快被点着了，她举起杯子，转过头对张蕾说：“那我们就警告到她记得为止。”

说完，从不喝酒的刘涛，喝完了满满的一杯酒。

双胞胎笑了，声音很大，她们明白，又有好玩的了。

青年人爱赌气、爱自夸、爱自大，分不清自己和世界的关系，总把自己当世界的中心，认为外界所有不合自己心意的，都必须被消灭，必须被打击，直到符合心意为止。

第二天上课，一夜没睡的韩晓婷走进教室，刚准备坐下，就发现椅子被动过，果然，椅子上的钉子被拆掉，一碰就散架，旁边的两姐妹一直盯着她，随时准备爆笑。韩晓婷想起昨天肖帅说的话，警觉地避开了。

她把这个凳子搬走，换了班上的备用凳子，坐了下来。

一夜无眠，让她有些咳嗽，她拿出早上母亲给自己准备的药，放到抽屉里。

张蓓看到自己的第一个计谋失败之后，又心生一计。

下课以后，韩晓婷有下楼看蔷薇的习惯。在韩晓婷出教室门时，张蓓在她的药丸里装上了粉笔灰。

韩晓婷回到教室，咳嗽开始加剧，于是找到药丸，准备服用。可是，这一切全被肖帅看得一清二楚，在韩晓婷准备服下的瞬间，肖帅从前排跑了过来，冲着张蓓喊了一句："过分了啊。"然后他抢走了韩晓婷的药丸。

肖帅对韩晓婷说："别吃这些了。"

张蓓有些尴尬，说："开个玩笑怎么了？"

肖帅严肃地说："有这么开玩笑的吗？"

刘涛在不远处盯着，再次握紧了拳头。

肖帅说完，上课铃声响了，他回到座位上。

韩晓婷也握紧了拳头，这时的张蓓脸红到了脖子根儿，她没想到，肖帅会揭穿她。

晚上，刘涛就给张蕾使了个眼色，让她尾随韩晓婷。

这一天，刘涛的心情算是跌到了谷底，韩晓婷到底对自己的男神做了什么，才让他如此念念不忘？

张蕾尾随韩晓婷出校时，周围空无一人。为了在教室里多看一会儿书，韩晓婷总喜欢比较晚回家。

张蓓负责盯着老师，而刘涛则负责支开肖帅，跟他一起吃晚饭。

天逐渐黑了下来，张蕾从背后贴近韩晓婷，挑衅地拍了拍她的肩膀。韩晓婷刚放下手中的锁车链，回头看到张蕾，又马上警觉地将它拿了起来。

张蕾没有韩晓婷高，却有着强大的气场，吓得韩晓婷不敢直视她。

张蕾看了一眼韩晓婷手上的链子，说："哟，拿链子，还想打我啊？"

韩晓婷握紧链子，藏在身后，说："你又要干什么？"

张蕾说："你不记得刘涛跟你说过什么吗？"

韩晓婷回答道："我没有跟老师说，你们别再干扰我了，我不能再因为你们而耽误学习了。"

说完，她推着自行车，转身要走。

张蕾抢先一步，拦住了她：“你别走啊，刘涛还跟你讲了件事儿，你忘啦？”

韩晓婷愣住了。

张蕾继续说：“她让你离肖帅远一点儿，想起来了吗？”

韩晓婷低下头，仿佛在思考着什么，最终，她扒开张蕾扶着她自行车的手，转身就走。

张蕾从后面大声喊道：“一个没有爸爸、妈妈还是个残废的人，真不自量力！”

这句话刺痛了韩晓婷，她推倒自行车，拿起锁车的链子，大喊一声，转身冲了过去，像一只被激怒的母鸡，拼命冲向一只老虎。

张蕾还没反应过来，就被链子击中，脸上瞬间开始流血，再想反击时已经来不及。韩晓婷连续开弓，大声喊着，拳脚和链子并用，张蕾体力不支倒地，韩晓婷抓住她的头发，把她拉起来。这次是张蕾哭了出来，她捂着脸，韩晓婷对着她怒吼：“不准说我父母，听到了吗？你再敢说我父母，我就杀了你！”

张蕾胆怯地点点头，平日里那股嚣张的气焰荡然无存。

“我”从“我们”这个群体走出来时，才发现自己这么懦弱。

张蕾忽然发现，自己一个人时，竟这么不堪一击。

韩晓婷转身离开，她的背影被灯光映射成了一位女侠，虽然她没有披风，但走路带风。

周围的知了继续叫着，蔷薇还一直妖艳地开着，香气弥漫在整个校园中。当一只母鸡冲向一只老虎时，它才发现那不过是只纸老虎。

所以，凡事为什么不试试呢？

不久，张蓓和刘涛赶来，看见满脸血迹的张蕾，吓了一大跳，赶紧把她送到医院。路上，张蕾咬着牙说了四个字，它们一个个地从牙缝里蹦出来：“血——债——血——偿。”

9

夏季的蔷薇花开得很茂盛，鸟儿在树上歌唱，像在看一场好戏。

建国中学的办公室里，坐着一群成年人，一个个面色凝重。有两个小孩坐在这些成年人中间，显得格外不协调，压抑而凝重的气氛让人有些喘不过气来。

老师先开了口，有些怯弱地问对面那个穿着西装、戴着大金链子的男人：“孩子没事吧？”

话音未落，坐在“大金链子”身边的女人就跳了起来，大喊：“孩子脸上这么大一个伤疤，都毁容了，你说有没有事？”

这女人穿着浮夸，炎热的夏天还戴着一双丝手套，气势凌人。

张蕾捂着脸上的纱布，一些血迹在纱布上若隐若现。

“丝手套”继续说：“我们投了这么多钱，还把孩子送到这学校，就是因为相信你们！你们就这么管教的？连起码的安全都不能保证？”

老师赶紧道歉：“对不起，对不起，都怪我们管教不严格。”

“丝手套”说：“必须严查，小孩子打打闹闹可以理解，但是不能下手这么重，我孩子要是毁容了，以后怎么办？”

老师转向韩晓婷，说：“你解释一下，这到底怎么回事，为什么下手这么重？”

韩晓婷瞪着张蕾：“她先动手的。”

老师说：“无论谁先动手，你也不能把别人打得满身是伤啊！”

韩晓婷有些愤怒，说：“是她先动手的！”

老师直接发了话：“那你把她伤得那么重，也是你不对！”

韩晓婷刚准备接话，她母亲艰难地张口了：“老……老师，我……觉得……还……是是……调查一下……吧，孩子……回到家……有些……心事……”

老师不耐烦地打断她：“晓婷家长，学校已经调查清楚了，无论是谁先动的手，晓婷拿车锁砸伤张蕾，就是不对。”

韩晓婷还想说点什么，却始终没有张口的机会。

老师语重心长地讲述着这件事的前因后果，好像在讲一道难解的题，张蕾的父母满意地点点头，老师说的每一句话，都明显偏向张蕾那方。

最后，老师说："晓婷家长，你赔偿一下他们的医药费，再让晓婷公开道歉吧。"

韩晓婷的母亲说："可……可是……我的女儿……也是受……害者，她回到家……茶饭不……"

老师再次打断了她："晓婷家长，您就别说了，这是学校的决定，您执行吧。"

接着，老师有些谄媚地转向张蕾的家长，问："学校这样处理，两位觉得满意吗？"

"大金链子"看了一眼"丝手套"，又看了看只有一只手的晓婷母亲，说："医药费就算了，我看她们家应该也不容易，道个歉吧，希望以后不要再出现这样的事情了。"

老师说："您真是宽宏大量，好吧，晓婷，那你就道个歉。"

在老师的再三劝说下，韩晓婷站了起来，走到张蕾的面前，大气地鞠了个躬，说："对不起，我不应该下手这么重。"

张蕾把头侧了过去，看都不看她一眼，老师赶紧打圆场："行了，这件事情就这样了。"

韩晓婷一转身，委屈的泪水一涌而出。

母亲给她递上纸巾，一把搂着她，老师看到韩晓婷在哭，赶紧打圆场："行了行了，都是孩子，晓婷、张蕾你们快去上课吧，别耽误学习。家长们有事也先去忙吧，我们一定会跟进，不会让类似的事情再次发生。"

韩晓婷的母亲起身，鞠了一躬，拉着韩晓婷走出办公室。

办公室里，"大金链子"看着她们走远，对老师说："后面我们公司还会给学校拨一笔建设费，到时候还希望你们好好用于教育建设啊。"

老师的笑容变得更加谄媚，小鸡啄米似的点头："一定，一定。还要感谢您对我们工作的大力支持，您喝茶，喝茶……"

从办公室到教室的直线距离不到三百米，但对于韩晓婷而言却特别漫长。她昨天一回到家就告诉了母亲事情的前因后果，可母亲也无能为力，两人一路无话。母亲知道世间险恶，自己只是一介平头百姓，她能做的，只有用唯一的手紧紧地握住自己的宝贝闺女。韩晓婷也用力握住母亲的手，她们像相濡以沫的两条鱼。

快到教室时，韩晓婷跟母亲说："快回去吧，妈。"

母亲点点头，也没说话，转身离去。

韩晓婷望着母亲的背影，突然喊了一声："妈。"

这声“妈”，喊得有些撕心裂肺。

母亲转身。

韩晓婷想说：“我能不上学去打工吗？”

可是，看到母亲的样子，出口的话却变成：“妈，我不会让你失望的。”

母亲笑了一下，说：“傻……傻女儿，加……加油。”

数年后，当韩晓婷事业有成，有了自己的别墅，自己在别墅里喝香槟、品茶时，她总能回想起这个场景，然后叹息一声：“可惜妈妈走得太早了。”

那是她最后悔的一件事：没有亲手为母亲做一顿饭。

可从那以后，事情也变得不一样了——张家的双胞胎不再欺负韩晓婷了。

与此同时，班里忽然传出一个消息，说韩晓婷在校外被“黑社会老大”包养了，还打过胎。

这个世界好消息传播得慢，坏消息却像病毒一样，传播得飞快，让人措手不及。等当事人反应过来时，早已满城风雨。

后来，越来越多的坏男生开始用异样的眼光看韩晓婷，有些人甚至调戏她，说些恶毒、猥琐的话，每每提到她，总会爆发出异样的笑声。

每个消息都有它的起源，但在传播途中总会被扭曲。

坏消息后来传到肖帅的耳朵里。当然，是刘涛在一次晚饭中告诉他的。

得知韩晓婷被包养的消息时，肖帅有些愤怒，失态地说：“怎么可能！”

刘涛吃着饭，没抬头，继续煽风点火：“我一开始也不相信，可是越来越多的人说这件事，还有人亲眼看到了……”

肖帅放下筷子说：“看到什么？”

刘涛凑到肖帅耳边，小声地说：“看到韩晓婷和那个人进了宾馆。”

肖帅瞪着刘涛：“哪家宾馆？”

“不知道，我也是听人说的……”

肖帅坐到了刘涛那一边，严肃地问：“听谁说的？”

刘涛有些接不住话，于是说：“大家都这么说。”

肖帅走过来抓住了她的胳膊：“大家是谁？”

刘涛显然被弄疼了，大喊：“你弄疼我了，她对你很重要吗？”

肖帅起身说：“当然重要！”

说完，他离开食堂，转身走向教室。

那是一个炎热的中午，知了在叫着夏天，贪睡的学生们，趴在书桌上。

肖帅看见正在桌子上趴着睡觉的韩晓婷和周围一群议论纷纷的同学。他性格一向直率，径直走到后排，拍醒韩晓婷，把她叫了出去。

此时，张蓓和张蕾还在酣睡，口水流了一桌。

韩晓婷跟着肖帅走出教室，这些被刘涛看在眼里。

他们来到教学楼前的蔷薇旁，肖帅拉着刚睡醒的韩晓婷，久久无法开口。

韩晓婷挣脱了肖帅的手，问："肖帅，你有事情吗？"

肖帅不知如何开口，忽然看到韩晓婷脸上午睡时压出的印迹，他说："你最近是不是特别累，课间也不下来走走了？"

"是的，最近一直很累。"

"你最近在忙什么？"

韩晓婷好奇地问："跟你有什么关系吗？你不是正忙着跟刘涛一起吃饭吗？"

肖帅有些不知所措："她……她是我妹妹啊。"

韩晓婷简单回答了一下："哦。"

肖帅赶紧转移话题："是我在问你，不是你问我。"

韩晓婷说："你问我什么？"

肖帅看了看她，咬了咬牙，还是决定说出来：“晓婷，最近有一些流言，你应该听说了，说你被……”

韩晓婷说：“听说了，可我管不了别人的嘴巴。他们爱说什么就说什么吧，你愿意相信，我也没办法。”

肖帅说：“所以，这事是真的吗？”

韩晓婷说：“肖帅，如果你还没瞎，就不要从别人的嘴里认识我。去陪你的刘涛吧！”

说完，韩晓婷扔下肖帅，向教室走去。

肖帅待在原地，不明白究竟发生了什么，似懂非懂地摸着脑袋。

那天放学后，他跟着韩晓婷，看她骑着车离开了学校。在一家县城宾馆门口，他看到韩晓婷和一个中年男子碰头，那男子和她神情暧昧，不时地摸摸她的头，手还搭着她的肩膀，男人身上有文身，想必就是大家所说的“黑社会老大”。

后来，他们走进了宾馆的一个房间。肖帅在他们身后，看到了一切。

那一夜，肖帅失眠了。

第二天，肖帅起了个大早，在这家县城宾馆的门外等了许久，看到韩晓婷从宾馆里面出来，背着书包，骑着自行车去上学。

经过这一晚的亲眼所见，肖帅突然明白了一件可怕的事情：自己喜欢的女生，竟然如此肮脏。

他气愤、难过，更觉得恶心，自己一个仪表堂堂的男子汉，竟比不过那个油光满面的中年大叔。“是啊，大叔的确比我有钱，可是他有未来吗？有青春吗？有梦想吗？我这么喜欢你，你竟然跟一个大叔做那么恶心的事情，你就是一个妓女、一个婊子！”

肖帅心不在焉地回到学校，吃午饭时，他认真地跟刘涛说：“是真的，我看见了。”

刘涛激动得像中了彩票一样，说：“我告诉过你吧，她就是这样的人。”

从此，肖帅不再和韩晓婷来往，这个传言也越传越真。直到三个月后，这个中年男人来到建国中学，手捧韩晓婷母亲的照片时，一切才真相大白。

真相往往很简单，也很容易猜到，只是人们不愿相信而已。

人们更容易相信谎言，因为那些故事更刺激，更容易让人浮想联翩。

原来那个中年男人是韩晓婷的大伯，家住县城，韩晓婷为了好好学习，想省去回家路上来回两个小时的车程，就在县城宾馆租了个房间。可她未满十八岁，没有身份证不能开房，就请大伯用自己的身份证把房开好，自己再进去住。

真相太过平淡无奇，在无聊的学生生涯里，谁会当真呢？大家当然喜欢那些听起来更有戏剧性的故事，来为乏味的生活增添一些调味品。

谣言一直在传，笑声一直不断，韩晓婷只装作不知道，忍辱负重地寒窗苦读。

有一天，班里有个男生找韩晓婷借作文参考，被她拒绝了，那男生竟然在教室里大喊了一句："你一个妓女，还有拒绝的权利吗？"

韩晓婷面红耳赤，颤抖着，然后一字一顿地说："你再说一遍！"

那男生一字不落地重复了一遍后，韩晓婷趴在书桌上痛哭起来。周围的同学爆发出阵阵笑声，而韩晓婷，却一直哭到放学。

这个男生，就是肖帅。

10

得不到的东西，就必须毁掉，否则看着别人拥有它，整天觉得自己无能，是一件非常难受的事。

得不到，必摧之。这是肖帅从小到大的人生信条。

他在当众羞辱了韩晓婷之后，就再也没有跟韩晓婷讲过话。韩晓婷变成全班的笑料，经常被一群男生围堵在厕所门口，推推搡搡，有些男生还拉她进男厕所。她所在的地方，处处都是刺耳的笑声。

体育课上，她总是一个人，没有人愿意带她玩，更没有人愿意和她交朋友。所有团体比赛，都没有人愿意和她合作。有时，就算老师强行要求她加入一个团队，她也无法合群。

她独自走在校道上，坐在教室里，去食堂吃饭，游荡在操场的各个角落，久而久之，她习惯了独来独往的生活。

语言暴力往往比身体暴力更能摧残人，尤其是一群人一起施暴的时候，威力便更加强大。

长期的压抑和孤独，让韩晓婷变得沉默寡言。

她越孤独，就越容易受到排挤，越被排挤，就越孤独。

她在日记里不停地鼓励自己：我要努力学习，要考上好的大学，赚更多的钱，让妈妈过上好日子。

欺负她的人越来越多，许多人甚至一提到她就躲得远远的，她的日记有时会被同学当着全班的面读出来，读到那些自我激励的文字时，全班哄堂大笑。

十年后，那些耻笑已经被人遗忘，但却刻在韩晓婷的心里，无法抹去。这也是她从来不喜欢笑的原因。

这种暗中的排挤，在持续了几个月后，演变成赤裸裸的攻击。

那个下午，雨淅淅沥沥地下着，毁掉了大家心心念念的体育课。

老师说了句“上自习”，就离开了教室。

教室里乱哄哄的，有人大声说话，有人唱歌，有人聊着昨天晚上看的电视剧。

只有韩晓婷在默默看书，专心做着笔记。

韩晓婷这两天心情低落，可能是因为阴雨天气，也可能是因为女生的特殊时期。

在一声声尖叫中，韩晓婷的注意力一次次被扰乱，很难进入学习状态。

她拿起笔，逐字逐句地看，可还是看不进去。

她抬头看了看乱成一锅粥的班级和怎么都读不进去的书，终于忍无可忍，转身走进了老师的办公室。

几分钟后，老师从后门露出脑袋，先是偷偷地看了看，然后大摇大摆地走进来。吵闹的学生都没有注意到教室后面那张脸。

王老师走上讲台后，教室里安静了下来。

老师大发雷霆："我在走廊那边都听到你们的声音了，那几个男生，给我站到后面上自习！张蕾，你是要上天吗？给我站起来！班集体的荣誉让你们丢光了！"

老师一串连珠炮后，教室里更加安静了。好事者看见韩晓婷默默地跟在老师身后走进教室，她的手上还拿着那本没看完的书。

那个阴雨绵绵的下午，老师惩罚了违反纪律的同学，几乎全班同学都挨了骂，反正老师也不清楚谁闹得最凶，干脆把所有同学都教训了。

放学后，大家都被扣留下来上自习，补上那节"体育"课。

韩晓婷也不例外，被留了下来，不过也好，反正她也不想早回家。

可是这次，她算是和全班同学为敌了。自习课时，她读完了那本书，对周围杀气腾腾的眼光浑然不觉。

张蕾故意清清嗓子，发出各种奇怪的声音，韩晓婷却冷静地读着书，记着笔记，装作什么也没听到。

放学时，天已经黑了，老师刚走，张蓓走到前排叫刘涛，然后一起走到后排对韩晓婷说："你，跟我们去趟厕所。"

许多人发出起哄的声音，他们知道，事情开始变得有趣了。

韩晓婷抬起头，礼貌地说："我很忙，不好意思，不去。"

张蕾有些激动地说：“你向老师告状的时候怎么不忙呢？”

韩晓婷说：“你们太吵了，影响到我了。”

张蓓说：“那你向老师告状，也影响到我们了！跟我们走！”

韩晓婷冷静而倔强地说：“我不去。”

张蕾暴躁地一巴掌拍在韩晓婷桌子上，大喊：“你有没有种出去？”

韩晓婷也有些愤怒，她看着张蕾脸上那道疤，把笔狠狠戳进笔帽。在众目睽睽之下，她不想承认自己没种，于是站起来，跟她们走进厕所。

班里的同学都在看热闹，起哄的声音也越来越大，他们忘记了回家，仿佛要围观一场斗牛比赛。

刚进厕所，张蕾就喊了一句：“厕所里的人都给我出去！”

厕所里的女生赶紧提起裤子，冲了水，一路小跑出去了。

厕所里满满的恶臭味，正如她们几个女生身上浓重的戾气。张蕾率先走过去，韩晓婷还没反应过来，脸上就重重地挨了一巴掌，在厕所门口围观的同学爆发出快活和满意的笑声与尖叫声。

韩晓婷刚准备还手，张蓓冲了过去，用手卡住她的脖子，扯着她的衣服，使她无法动弹。刘涛在不远处看着她们两个人殴打韩晓婷。

周围的笑声、叫声越来越大，男生们焦急地在女厕所门口观望着，生怕错过一场好戏。有些胆大的男生甚至冲进了女厕所围观，引起更多女生尖叫、大笑，这些声音，像是在加油和打气，张蓓、张蕾打得更加起劲，不一会儿，已经上脚了。

韩晓婷还不了手，一直被打，直到高年级晚自习铃声响起，她们才收手作罢。围观的同学却依旧不肯散去，害怕错失更好看的片段。

这时，有位老师走来，看到大家都在女厕外面围观，知道出了事情，立刻驱散人群，并大喊着："这是哪个班的？怎么都挤在这儿？"

大家一听到喊声，立刻散开了，离开的离开，回家的回家。

老师探身看向女厕，看到韩晓婷一瘸一拐地走出来，她的鼻子和嘴巴上都是血。

老师知道发生了校园暴力，立刻掏出手机，打给正准备离开学校的王老师。

王老师大吃一惊，赶紧说："您千万别告诉校长，我马上回来。"

接着，他一路小跑，跑回班级。

教室里的人都已经走了，只剩下韩晓婷一个人在抹眼泪。

他把韩晓婷带往办公室。

韩晓婷一边用手擦拭鼻血，一边踉踉跄跄地跟着老师的步伐。走到办公室门口，老师观望了一下办公室里的情形，看到还有几个老师没有回家，径直走过了办公室。

韩晓婷很不解，也很无奈，仰着头，跟着王老师到了二楼的档案室。

王老师用钥匙打开档案室的门，摆出两把椅子，让韩晓婷坐下。看到她的鼻子在流血，这才想起从口袋里拿出纸巾，让她赶紧擦擦，生怕她的血滴到档案室。

王老师警觉地看了看已经关紧的门，迫不及待地问："谁打的？"

"张蕾、张蓓。"

"为什么打你？"

"不知道。"

王老师叹了口气："只有她们俩吗？"

韩晓婷说："嗯。"

王老师义正词严地说："你先别和别人说，我去找她们谈谈，尤其别和其他老师说，说了咱们班的流动红旗可就没了啊。"

韩晓婷有些惊讶，她没有说话，仰起了头，生怕鼻血滴到地上。

王老师再次环顾四周，说："你去洗一洗吧，我去找她们谈谈。记住，千万别跟别人说。”

11

可是，事情并没有因为王老师的介入而得到解决，相反，事情变得更加复杂了。

王老师害怕流动红旗被别的班拿走，害怕事情闹大影响自己的业绩，更害怕得罪张家，于是他决定，让弱者闭嘴，大事化小。

可是，在众目睽睽之下，老师岂能偏袒得这么明显呢？

于是第二天，王老师当着全班同学的面，就这件事展开批评，看似每句话都很严厉，其实都是在开脱，他讲得很拧巴，像在说事，又像在说人，可就是没有提到张蓓和张蕾的名字。

同学们只知道老师生气了，却不知道老师是否知道事情的全过程。

最后，王老师以一句“再也不允许这样的事情发生”收尾，虽然没有点名，但全班都知道，这十多分钟的批评，是针对双胞胎的。只不过批评点到为止，也没有明确的惩罚。谁也不知道，这件事情有多严重。

没想到，这次的“点到即止”激化了矛盾。

下课后，张蓓、张蕾拉着刘涛走出教学楼。在那片蔷薇花前，张蕾气愤地说：“老师刚才不就是在说我们吗？”

张蓓点点头：“不是我们还有谁呢？”

刘涛在一旁，没作声。

张蕾继续说：“我能再给她个教训吗？”

张蓓又点点头：“别再让老师知道了，多一事不如少一事。”

刘涛依旧没说话，默默地听着。

就这样，她们的欺凌，从明处转到了地下。

最后，刘涛开口说：“别太过分了，小心惹火上身。”

张蓓笑了笑：“能怎么样，骂一顿？你是不是谈恋爱以后，就变成慈母心态了？”

刘涛不再说话，她的确刚刚接受了肖帅的表白，她也很清楚，肖帅只不过是想恋爱了，才跟她在一起，他心里还是有些放不下韩晓婷。而今天这件事，刘涛深知打人不对，但事情因她而起，却无法因她结束。说一句“别打了”可能很简单，但双胞胎已经习惯把快乐建立在韩晓婷的痛苦之上了，如果她选择结束韩晓婷的痛苦，就相当于终止了双胞胎的快乐。双胞胎对她是仗义的，而她也不想忘恩负义。可是，自从和肖帅在一起后，她也就不再讨厌韩晓婷了，更不想把事情闹大。她想得到的，已经都得到了，要是她说了制止的话，双胞胎会不会开始针对她？

她会不会成为下一个被施暴的对象？

总之，说一句“别打了”风险还是太大。于是，她说：“一定要注意分寸。”

张蕾接话：“我一定让她身体的每一寸都觉得爽！”

当天放学，韩晓婷再次被堵在校门口，这一次堵着她的，不仅有她们三个，还有两个男生。

刘涛不认识那两个男生，双胞胎只告诉她，今天有惊喜，于是她就去了。

不远处的肖帅看到了，却只是站在那里张望着。

肖帅公开攻击过韩晓婷之后，不但不再和她讲话，还经常和刘涛讨论韩晓婷的种种不是。

两个人共同讨厌一个人，也是很容易滋生出感情的。刘涛和肖帅就是这样，日久生情，肖帅跟刘涛表白，刘涛当场答应。

天色渐黑，天气渐凉，他们围住韩晓婷，韩晓婷低着头，不敢说话。

张蕾对着身边一个黄头发的男生说：“哥，就是这个婊子，今天告我的状。”

张蓓在一旁添油加醋：“就是她，平时可嚣张了。”

刘涛也在一旁，她的目光扫过韩晓婷低下的头，这个眼神，和十年后韩晓婷看她的眼神一模一样。她没说话，也不知道说什么，就站在那儿，一动不动。

黄毛走到韩晓婷面前，问："你叫韩晓婷？"

韩晓婷颤抖地看着这个比自己高一个头的黄毛，点点头。

黄毛说："听说你很嚣张？"

韩晓婷摇着头，害怕地说："我……我没有。"

黄毛笑了，露出一口黄牙，说："我和我兄弟最喜欢征服嚣张的姑娘！"说完，他摸了一下韩晓婷的头发。

韩晓婷本能地往后退了一步，说："你要干什么？"

黄毛抓住她的手，一边把她往身上拉，一边说："不干什么，去我家做做客吧，我家天台上可以看月亮。"

韩晓婷反抗着，喊着："你要是再往前，我就喊人了。"

黄毛笑了笑，喊叫声反而让他更兴奋，他笑着说："你喊呗，你看看周围有没有人？"

张蓓也笑着说："让你每天回家这么晚，还装爱学习，其实你就是个婊子，谁他妈都能上你，让我哥上你一次怎么了？"

此时，韩晓婷一把推开了黄毛，往后狠狠地退了一步，转身时，却被另一个男生拦住。

张蕾对被推开的黄毛说："哥，你别跟她废话了，教训一下她！按你的规矩，给她拍点儿照片。"

黄毛笑着说："好啊。"

他的哥们儿把韩晓婷往前推了一把，黄毛一把抱起她，她开始大喊，却被一把捂住嘴，抱上了一辆面包车。

不远处的肖帅感到事态严重，立刻转身去叫学校教务处的老师。

黄毛上了车，车辆启动的一刹那，韩晓婷咬破了堵住她嘴的男人的手，从车门跳下，飞快地跑了出去。

后座的男人反应快，一把抓住韩晓婷，韩晓婷使劲地挣脱，却又被紧紧地抓住了。

张蕾和张蓓也用力地扯韩晓婷的衣服，挣扎中，教务处的两个老师从校门口出来，刘涛最先看到，大喊一声："快走，老师来了！"

那个男生吓得赶紧松了手，韩晓婷撒腿就跑，撞上了迎面跑来的肖帅和老师，她一边哭，一边奔跑。

身后是一阵阵叫骂声，那辆面包车也消失在学校门口。

两个老师下意识地追了两步，转身回了学校。

此时的韩晓婷，只是玩命地跑，不停地跑，直到跑到一个电话亭，确认后面没人，才喘着气，拨通了110。

深夜，在警察局她讲明白了所有的事情，甚至说到他们想拍照的恶行。

一位警察做完笔录，然后抽了一根烟，问："得手了吗？"

韩晓婷有些没听清："什么？"

警察说："就是他们对你的行为，得手了吗？"

韩晓婷说："没有，我跑掉了。"

警察翻了翻资料："姑娘，是这样的：第一，我们现在没法确认这两个男生是谁；第二，因为他们确实没有得手，所以我们无法立案。"

韩晓婷有些愤怒："什么意思？难道非要我被强奸了，你们才会管吗？"

警察说："小姑娘，话不能这么说，我们不是不管，我这不是在给你做笔录吗？"

韩晓婷恳求道："那您要救救我啊！"

警察说："小姑娘，现在都一点多了，我不救你怎么会在这个时候还'加班'啊。这样，你留个监护人的电话，我们调查清楚后，会第一时间跟你的监护人联系，明天我们去你们学校调查取证。"

说完，警察递过来一张纸，让韩晓婷填写电话号码。

韩晓婷在纸上犹豫半天，最终没有动笔。她忽然想到，不能让母亲为自己担心，母亲已经很累了，身体还不好，不能让她操心，绝对不能。

于是她说："叔叔，我们家……没有电话。"

警察叹了口气，又点了一根烟，说："那这样吧，我们明天去你们学校调查一下。你放心啊，今天，你先回家休息吧。"

说完，警察起身，暗示韩晓婷可以离开了。

韩晓婷欲言又止，最终放弃了。

她背着书包从警察局走出来，忽然发现自己的自行车不见了，她叹了口气，有些自嘲地说："在警察局门口，自行车被偷了，这是什么世道？"

她不想再回去报案了，因为她不想再麻烦警察叔叔，而且她也清楚地知道，自行车每天都在丢，却几乎没找回来过。

她一个人走在路上，县城的餐馆都关门了，只有几家大排档还冒着烟，几个人喝得酩酊大醉，在街边画着圈。

几辆卡车，成了这个地方唯一还在高速行驶的东西。

夜里开始降温，可她忽然觉得好热。她知道，虽然没有自行车，但自己必须抓紧时间走到宾馆，她不知道大伯今天有没有等自己。如果没等，他会在哪儿？如果等了，那他一定很辛苦，还没吃饭吧。

她就这么一步步走着，直到感觉越来越热，头变得沉重起来，眼皮也开始打架。

她坚持走着，告诉自己不远了，肯定能走到宾馆，大伯就在那里等着她，他给她做了一顿晚餐，吃完就可以睡觉，明天天依旧会亮，太阳依然会升起，她的委屈都会消散。她还要继续学习，考上大学，赚好多钱给母亲花。

她一边想，一边拖着越来越沉重的步子移动，忽然，她重重地倒在了地上，瞬间眼前一片漆黑。

12

韩晓婷再次醒来时，是在医院的病床上。手上挂着点滴，高烧未退。

周围站着她的老师、大伯和母亲，母亲焦急地看着她，一只手紧紧握着她的手。

大伯愤怒地质问王老师："孩子为什么成这样了？你们是怎么照顾学生的？"

王老师有些无辜，说自己不知情。

大伯的声音很大，身上的文身都在颤抖，他说："去上学的时候还好好的，现在又是外伤，又是发烧，你们学校要负责！"

王老师劝道："您别着急，她走的时候也是好好的，我们也不知道发生了什么事，学校一定会调查的。"

其实王老师清楚地知道发生了什么，但他不想把事情闹大，就一直装糊涂，装作一无所知。

韩晓婷的母亲看到孩子醒了，赶紧凑过去，结巴地说：“孩子……你……你醒了，到底……发生什么了，晓婷？”

韩晓婷看着母亲，突然哭了出来，一边哭一边说：“妈妈，我不想上学了，我去打工吧，我给你赚钱好吗……”

母亲用一只手抱住她，说：“到底……怎……怎么了，跟妈……妈说。”

韩晓婷一直哭，什么也没说，倒是王老师开始打圆场：“晓婷，别瞎说，书还是要念的，你见过哪个大老板没有受过教育的？好好养病，赶紧回班集体，大家都想着你呢。”

大伯看了一眼老师，说：“王老师，您必须和学校一起，给我们家长一个交代！”

王老师说：“什么交代啊？”

大伯的声音又高了八度，说：“身上的伤怎么来的，为什么会晕倒，必须给我们一个交代。”

王老师吓了一跳，赶忙说：“好，好，我们这就调查。”

韩晓婷的大伯原来是县工厂里的工人，现在自己开了个小卖部。他曾经是县里出了名的小混混，后来结了婚，也就不再混了。他力气大，以前和人打架总是冲到最前面，后来用文身掩盖了身上的伤疤。现在，他的脾气越来越好，但遇到自家孩子出事，还是没控制住脾气。

大伯起身洗了一个苹果，削完皮，递给韩晓婷。韩晓婷没有接，只是紧紧地搂着她的母亲，一直在哭。

与此同时，张蓓、张蕾和刘涛在教室里如坐针毡，下了课，她们在厕所旁小声讨论着，想着应对办法。今天早上，警察刚刚来过，好在只是走了个过场。

刘涛问："你们昨天叫来的那个黄毛到底是干什么的？"

张蕾说："是我哥，也是这一带扛把子的。"

刘涛问："什么是扛把子？"

张蓓说："大姐，你没看过《古惑仔》吗？"

刘涛说："没有。"

张蕾说："哎呀，就是这个地带的老大。"

刘涛问："'黑社会'吗？"

张蕾说："差不多吧。"

刘涛吓了一跳，说："你们怎么把他们卷进来了，怪不得昨天韩晓婷报警了，你这样做也太吓人了，找'黑社会'干吗？"

张蕾赶紧拉了刘涛一下，示意她小点儿声："还不是为了吓吓她，给她拍几张裸照，捏在咱们手上，让她以后不要再嚣张就好。"

刘涛毕竟是读过书的，她意识到了这件事的严重性：“裸照，有点儿过分吧？”

张蕾说：“刘涛，你真的是谈恋爱谈出母性了啊！”

张蓓打断了她们的争论：“别说这些了。分析一下，警察来了又走，估计没多大的事，现在我们要赶紧想想，如果老师问起来该怎么办，警察不可怕，可怕的是老师。”

张蕾笑了笑，说：“我们肯定没事的，我们还未成年，还在受保护。就算警察把我们抓进去，关三天，出来之后我们还是英雄好汉。”

张蓓说：“唉，你以为关三天好受啊？”

刘涛说：“这样，谁问我们都说不知道黄毛是谁，打死我们都说昨天谁也没见到她，毕竟我们三张嘴，她势单力薄，只要我们统一口径，谁也没办法。”

张蓓、张蕾同时回答：“太好了。”

她们的这次谈话从某种意义上救了她们，因为王老师下午回到教室，第一件事情，就是把她们一个个都叫出去谈话。王老师没想到，三人竟口供一致，都说自己没有欺负韩晓婷，也都不认识黄毛。

老师总是怕麻烦，毕竟就算惩罚了三个人，也不会得到任何嘉奖和奖金，相反，如果大事化小，小事化了，自己班上就不会有任何过错，下个月的流动红旗还有可能是自己班的，工资待遇还可能提高。

想到这里，老师决定，把精力放在攻克韩晓婷上，让她不要过分，不要把事情闹大。

几天后，韩晓婷退烧了，还是决定去上课。母亲身体不好，所以她没有跟母亲说，也没有跟大伯说发生了什么，只说是自己摔的，因为她不想把事情弄大。毕竟她花了那么大力气才考到这所学校，不能出任何意外。

母亲多次询问，韩晓婷都守口如瓶。她临去学校前，告诉母亲："我都好，您放心。"

韩晓婷病好上课后的第一天，老师把她叫到办公室，语重心长地问："你确定是她们三个人吗？"

韩晓婷点点头。

老师说："可是，她们都说那天晚上没见到你。"

韩晓婷本不想再继续这件事情，但一听她们颠倒黑白，十分愤怒。她说："老师，怎么可能呢？她们还叫了两个男生，把我拖上面包车，有个男生的头发是黄色的，脸上有一颗痦子，穿着斑马色的衬衫……"

老师打断韩晓婷："晓婷，你想想，还有谁看到了？"

韩晓婷有些着急，但还是想到了，她说："肖帅也在现场，您可以问他。"

老师点点头："好，我今天去问肖帅。但是晓婷，无论有没有发生，该过去的，就让它过去吧，有时候要学会原谅，不能小心眼，你知道吗？"

晓婷急得眼泪都快出来了，她们在过去几个月把自己欺负成这样，老师还让她原谅，还说她小心眼。

最让她难过的是，明明是发生过的事情，怎么就变成没有了呢？难道就因为自己只有一个人，所以空口无凭吗？

她急得说不出话，索性哭了起来。

老师一看到她哭，也严肃了起来，说："不准哭，先去上课，顺便把肖帅叫过来。"

韩晓婷红着眼睛，把肖帅叫到老师办公室，自己坐回了座位。座位旁，是吊儿郎当的张蕾和张蓓。

她拿出书，想打开看，却发现自己的书被胶水粘住了，打不开。于是，她趴在桌子上，再次哭了出来。此时此刻，班上再次爆发出快活的笑声。

肖帅到了办公室，发现老师十分严肃，他知道事情的严重性，但又担心着他现在的女朋友刘涛。

老师问他是否知情。

他愣了一下，不敢回答。

他清楚地记得那天晚上发生的事，是他叫来了教务处的两名老师，于是他故意问："老师，怎么了？"

老师回复道："是我在问你，不是你问我。那天晚上，你是不是看到她们三个欺负韩晓婷了？"

肖帅明知故问："哪三个？"

老师说："张蓓、张蕾和刘涛！"

肖帅想了想，回答道："张蓓和张蕾我不知道，那天，我和刘涛一起回家了。"

老师点点头："行，你走吧。对了，注意一下男女关系，不要早恋。"

肖帅摸了摸脑袋，尴尬地说："我没有。"

老师也笑了笑，说："作业有很大进步，走吧。"

肖帅笑着离开了办公室。

一周前，在刘涛的猛攻下，肖帅和刘涛确认了恋爱关系，原来写给韩晓婷的日记，现在都给了刘涛。

刘涛也很喜欢肖帅，她喜欢肖帅成绩好，喜欢他的白衬衣，喜欢他在篮球场上飞驰。

其实她更喜欢的，是肖帅骂韩晓婷的样子，就像肖帅也是因为这个而喜欢她的。

刘涛为了肖帅，每天都和他一起读诗歌、散文，每天都背诵诗词，然后摘抄到作业本里，久而久之，两人的成绩都有了提升，老师虽然知道他们早恋，但看在他们都在进步的分儿上，也就睁一只眼闭一只眼了。

刘涛一辈子都会感谢肖帅，因为没有他，她永远不会明白，自己在文学领域还能有所造诣。

韩晓婷知道他们在一起后，难过了好几天，但她很快又进入学习状态，继续沉默寡言，挑灯夜读。因为她清楚地知道，她要的是给母亲和自己更好的生活，而不是一段过早的恋情。

因为没人承认，便无法调查，而且韩晓婷也希望赶紧投入学习，这件事情很快就被人遗忘了。

老师的介入加速了大事化小的进程，他也知道一定发生过校园暴力事件，但事情就这么不清不楚地过去了。

随着老师的介入，以及刘涛和肖帅关系的稳定，张蓓、张蕾也不再对韩晓婷使用暴力，只是继续制造谣言，在言语上继续攻击韩晓婷，比如说她生活不检点，说她家里穷，说她妈妈是个白痴……当然，这些都是在背地里说的。

久而久之，只要老师一提到韩晓婷的名字，全班同学都会爆发出笑声。大家把她当成一个异类，一个和所有人不一样的怪物。

韩晓婷不在意这些，只是默默地看着书，在书里寻找慰藉。

直到有一天，一场签售会打破了所有错误的平衡，事情也从此发生了改变。

13

贝壳安静地活在海底，海面波涛汹涌，潮来潮去。倘若一粒沙子进入贝壳的身体，贝壳先是会非常难受，难以适应，然后分泌出大量的珍珠质，逐渐包围由外窜入的沙粒，久而久之，就成了美丽的珍珠。当然，还有一种可能，那就是沙粒如果太大，贝壳会很容易被杀死。

这就是我们的生活。当错误显得正常，就像沙粒和异物忽然闯入生命，让整个环境变得难受，之后会产生两种可能：要么生命中会出现珍珠，要么生命会消亡。

但无论如何，平静的生活已经被打破了。

此时，北京有一位社会评论家叫张峰，出了一本书，一直不温不火。虽然他没什么名气，可他社会责任感强，每逢社会上出现大小新闻，他总是冲到最前面，饱受争议。

那一年，他的书销售不出去，被出版社要求出去跑够100

场落地签售活动，否则书卖不出去，出版社就会赔钱，违反合同条款。

为了不让出版社赔钱，自己也正好闲着没事干，张峰决定跑一跑签售活动，顺便看看外面的世界。

出版社编辑问张峰："愿不愿意去小县城的高中做一场讲座？"

张峰不假思索地说："反正书都卖不出去，去碰碰运气吧。"

就这样，张峰莫名其妙地走进了建国中学，成了那粒沙。

演讲前，校方很重视，因为在他们学校，从来没有一个来自北京的活的作家来演讲，又是那么年轻的社会评论家，学校的教务处主任充满期待地见到了张峰，又失望地摇了摇头，他本来想收住自己对对方外貌的评价，却脱口而出："您长得真是成熟啊。"

张峰也开玩笑地说："您长得也十分科学。"

主任笑了笑，说："还是作家反应快，现在的青少年啊，总是懈怠，就需要您给点儿鸡汤，激励一下大家，让他们好好参加高考。我们现场已经组织了八个班的学生，高一高二的学生都必须参加活动。我们校方十分重视，也辛苦您了。"

张峰是个没见过世面的作家，也很少出去演讲，一听八个班这么多人，瞬间"人来疯"起来，赶忙说："好的好的，我一定好好讲。”

主任一看这么没见识的作家，顿时放心了，他也挺直了腰板，说：“您可一定不要辜负我们啊。”

张峰拼命点头：“那是必须的。”

讲座如期举行，每班只能有二十个人参加，本来大家都想去，以为这样就不用上无聊的自习课，可是万万没想到，学校竟要求他们利用放学后的时间听讲座，于是，很多人就不太愿意报名了。

倘若是个一线明星，大家还可以考虑一下，至少是一场视觉盛宴，可张峰是一个不出名、长得又不好看的作家，大家自然就会权衡，后来当然是大部分人觉得自己的休息时间更重要，所以当每个班开始主动报名时，人数自然寥寥无几。老师一看完成不了任务，就强制每个班必须出二十个人参加。很快，这件事情就变质了。愤怒在学生心里开了花。

大家都在祈祷，可千万别抽到自己。

但这对于韩晓婷而言，是件好事，她喜欢看书，却从来没有见过写书的人，她一直想，得有多大能耐才能写出书，并且印刷出来，让这么多人知道呢？

她越想越好奇，成了本班第一个报名的人。韩晓婷第一个报名，其他人更不愿意报名了，谁也不想和韩晓婷搅和在一起。

她可是出卖过全班，被“黑社会老大”睡过的叛徒。

可是，既然是每个班布置的任务，就不得不完成，老师下放任务，要求班上成绩前十名和倒数十名的同学，必须参加这次活动。老师心想，前十名的同学不用花太多时间做作业，后十名的同学做了作业也没用。

这个决定让大家再次炸了锅。好学生想：“我们好学生跟差学生在一起听，这是什么意思？”差学生也想：“把我们和这些学霸放在一起，不是侮辱我们吗？”

这再次引发了学生的愤怒。

好好的一场讲座，从一个逻辑出发，到达另一个逻辑，最后竟然变成了一件引发众怒的坏事。

当晚，在学校礼堂举行了这场讲座。主持人介绍完嘉宾，教务处主任维持完纪律后，张峰走进了教室。迎接他的，是整个阶梯教室依旧乱哄哄的场面。

少年时，发泄对老师的愤怒的唯一方式就是交头接耳，让时间过得快一些。

从张峰开讲起，阶梯教室里就没有安静过，他讲了一半，就讲不下去了。谁也受不了自己在讲话，下面持续不停地叽叽喳喳，何况教室很大，充满着回声。

张峰打算结束演讲，但一想时间还不够，于是他对主持人说：“要不咱们互动吧，听听大家想问什么。”

主持人走上讲台，说：“接下来，我们进行第二个环节，请问哪位同学想跟张老师互动呢？”

主持人问完，全场鸦雀无声，没有一个人举手。谁也不愿意在这样一场无人重视的讲座中表现出重视的样子，更何况也没什么人听进去。就算有些同学听进去了，但看到别人没有举手，自己也就不举手了。

在一片尴尬中，一只手缓缓地举了起来。她坐在后排，显得那么不合群，这人就是韩晓婷。

同班同学一看是韩晓婷，哄堂大笑。

张峰不知这笑声为何，一看有人举手，立刻请工作人员递上话筒，韩晓婷起身鞠躬，问道：“我想问您，怎么样才能写出一本书？”

她的话音刚落，张峰刚准备回答，三班的区域再次爆发出刺耳的笑声，那些笑声，是讥笑、耻笑、坏笑，时不时还爆发出阵阵掌声，好像在说：“你这种人还能写书啊，别扯了。”

可是，麦克风效果不好，张峰在台上没有听到。于是，他问了一句：“不好意思，我听得不太清楚。”

接着，学生们前俯后仰地爆笑。有人拍着桌子，有人使劲地鼓掌，大家像是在嘲笑一个没有人格、没有尊严的人，像是看到一个笨蛋一样，笑红了脸。

笑声持续了半分钟，张峰一直没说话，接着，笑声渐渐地停了下来，韩晓婷站在人群中，脸红到了耳根，好像自己做错了什么。可是老师明明说可以提问，为什么是自己做错了？可是大家明明在笑，那应该就是自己的问题。台上的作家一直沉默，难道自己真的错了吗？自己的问题冒犯到他了吗？还是……韩晓婷简直想找个地缝钻进去，或者立刻变成一块石头，这样就不会有人在大庭广众之下注视她。

那半分钟，像过了一年。

笑声过后，张峰还是不说话，现场冷到了冰点。他低下头，又抬起头，然后看着台下所有人，冷冷地说："笑够了吗？"

同学们不再笑了，现场寒意逼人。

张峰一字一顿地说："你们这群人，懂什么是尊重吗？"

说完这句话，下面又出现了零零散散的笑声，他们压根儿不知道，到底发生了什么，以为张峰的话是反讽韩晓婷，因为在这里，所有人都是这么做的。

或者，他是在讲另一个段子。

毕竟，谁会为一个"小人"出头呢?

可是，这些学生都错了。

张峰有些愤怒，他拿起了麦克风，严肃地说：“你们，对，就是你们，有什么资格笑别人呢？你们又有什么资格仗着人多，欺负一个跟你们不一样的人呢？我们这个世界之所以精彩，就是因为有些人和我们不一样，和大家不一样，可是，我们又是怎么对待那些少数人的呢？嘲笑，鼓掌，谩骂，还是殴打？”

全场更加安静了，这一次，所有的笑声都烟消云散。

因为大家知道，这些事情他们都做过。

张峰继续说：“你们看看这个社会，那些残障车位堆满的垃圾，那些盲人道上堆放的自行车，那些歧视同性恋的眼光，和你们刚刚令人难受的笑声，大家到底是在图什么？你们开心了，可是你们想过别人的感受吗？你们想过自己的笑声就是一把刀吗？尊重少数人，这个世界才会强大，要不然，多少GDP、多少钱都没用啊！”

这段话说完，有几个同学鼓起了掌，或许，只有他们知道，韩晓婷遭遇了什么。

肖帅在台下，似乎内心深处的某种东西被唤醒一般，也跟着鼓起了掌。

这番话也感化了刘涛，在此之前，她从来不知道，自己在作恶，但想到自己从未动手，心里也多了不少安慰。肖帅的掌声，让刘涛也情不自禁地跟着鼓起掌来。

接着，更多的人，鼓起了掌。

张峰继续说：“这位同学，我不认识你，但你问的问题特别好，所以我要用心回答你。在互联网时代，每个人都有机会成为一个作家，哪怕不能成为作家，也可以成为一名文案大师、广告写手。你要知道，会写作的人，往往能拥有很广阔的天空，只要你坚持下去，总有一天，你一定可以。”

张峰这段话，彻底改变了韩晓婷的命运。

韩晓婷热泪盈眶，教室里也响起了雷鸣般的掌声。

14

十年后的韩晓婷，一直说张峰是她那个时候的天使，一个素不相识的人，竟然在这么多人面前给了她如此多的鼓励，因为那些鼓励，她才成了一位优秀的广告策划人，写出了漂亮的文案，拥有了自己的公司，拥有了自己的世界，成为一名成功女性。

后来，韩晓婷用自己的影响力和资金，偷偷帮助张峰变成了微博第一大V，不过正是因为他的影响力太大，后来他频繁遭受网络暴力……

张峰的讲座结束之后，同学们对韩晓婷的嘲笑少了很多，至少，大家不会当着她的面欺负她了，有时看到张蓓、张蕾言辞过分，也会有班干部上前制止。

最重要的是，老师也听了那番话，开始重视这件事情：当班级里出现一些非善意的爆笑时，也开始严肃制止，班级的风气好了很多。韩晓婷得到了想要的安宁，同学们也渐渐明白，多数人攻击少数人是不公平的。

老师为韩晓婷调换了座位，她也能更专心地学习了。

人往往不愿意承认自己做错了，尤其是逆反期的青少年，他们的世界里只有自己。当他们一直以为对的事情被打破、被摧毁时，他们就会愤怒，继而将矛头指向别处。

那次讲座后，张蓓、张蕾的愤怒却未停止。

她们想："张峰是个什么人，一个破作家，一点儿名气都没有，还教育我们？他有什么资格教育我们？现在搞得全班同学都开始抵制我们了，难道他们忘记了那次体育课是谁向老师告的状，难道他们忘了韩晓婷是个什么东西？"

张蓓、张蕾越想越生气，于是找到刘涛，共商大事。

可是刘涛忙于恋爱，不愿意再参与韩晓婷的事情，她眼中只有肖帅，只要肖帅在身边，她和韩晓婷就没有什么矛盾。那次讲座之后，肖帅深受感动，刘涛也答应了肖帅，不会再找韩晓婷的麻烦。

但张蓓、张蕾不一样，她们习惯了韩晓婷见到她们退避三舍的样子。现在呢，自从张峰走后，班上的同学对韩晓婷的态度逐渐转变，最可怕的是，韩晓婷现在根本不害怕她们了，连见面时起码的退让态度都没有了。

张蕾跟刘涛说："我要找人好好修理一下韩晓婷。"

刘涛问："你这次想找什么人呢？"

张蕾说："我跟黄毛哥说好了，把她往死里打一顿。"

刘涛有些不敢相信，说："什么意思？男生打女生？"

张蕾说："不是，我哥找了几个校外的大姐大，把上次没解决的事情再解决一下。"

刘涛听懂了这句话背后的意思，跟张蕾说："你们这样做是不是有点过分啊？"

张蓓对刘涛的心慈手软有些惊讶，说："刘涛，你怎么尿了呢？还是你现在母爱泛滥得都开始对敌人有同情心了？"

刘涛说："不是，我对韩晓婷能有什么同情心啊？只是肖帅不是要去美国读书了吗，他告诉我，美国有一条法律，严惩校园暴力，咱们这种不知道算不算。在美国，围观校园暴力的人都要被严格判刑，具体叫什么围观罪我给忘了，据说情节严重的还要坐一辈子牢，我是担心你们。"

张蓓笑了，说：“刘涛，你是不是傻，国情不同，我们未成年，是受保护的。”

张蕾讥笑道：“对啊，在我这里‘犯罪’是受保护的。”

刘涛说：“瞎说，你这叫什么犯罪？”

张蓓说：“再说了，这几次你也看到了，老师才不想管呢，还不是都只想大事化小，小事化了。你怕什么，怕她那个独臂妈妈？”

张蕾有点生气了：“刘涛，你别忘了，这些事情都是因你而起的，难不成你想全部甩给我们？”

刘涛叹了口气，担心得罪她们，说：“那这样，我陪着你们一起去，这次我不能动手，我答应了肖帅，以后要像个淑女多读书。”

张蓓：“你什么时候动过手啊？”

刘涛说：“对啊，人家是淑女啊！”

说完，刘涛笑了起来，笑声化解了尴尬的氛围。

就这样，她们开始了自己的“复仇计划”，无知发了芽。

这就是一场赤裸裸的校园暴力。

蔷薇花依旧盛开，韩晓婷的生活恢复了正常，她希望自己能考到大城市，北京、上海、深圳、广州都行，她希望自己能成为一名作家，赚到足够多的稿费，然后给母亲买一套房子，让母亲安享晚年。

那个时候，房价还不高；那个时候，稿费还挺多。

其实，双胞胎根本不知道自己在做什么，她们只是觉得好玩。冲动早已战胜了她们的理智，或者说，从小生活条件优越的她们，根本不懂何为理智，她们只知道，只要自己够厉害，谁都会低头。

那天，本应回家过节的韩晓婷被再次围堵了。

张蓓、张蕾就在校园外的一片蔷薇旁，和几个校外女生把刚准备回家的韩晓婷堵在那里，韩晓婷低着头，那几个人盛气凌人地看着她。

蔷薇花颜色各异，有红的、白的、粉红的、淡红的，绿叶衬托着那些花朵，格外夺目。此时，一个女生掏出了手机，打开了摄像头，走到韩晓婷跟前，她身上的烟味让韩晓婷恶心，但韩晓婷的腿像是灌了铅，动弹不得。

女生身上一股社会气，胸前的金链子晃荡在韩晓婷的眼前，她指着韩晓婷的胸脯说："听说你在班上很嚣张啊。"

韩晓婷刚准备说话，女生一脚踢了过去。

那一脚，直接踢到了韩晓婷的肚子，她倒在一片蔷薇中。那是她最喜欢的花，可是万万没有想到，蔷薇的花枝上，竟长满了刺，蔷薇的刺划破了她的皮肤，血流出来，她感到身体轻飘飘的，大脑霎时一片空白。

一番拳打脚踢后，几个女生的兴奋点被点燃了，她们拿出手机，开始变本加厉地撕扯着韩晓婷的衣服。

此时，站在一旁的刘涛竟生出一丝同情，可她又面带微笑，像是在继续鼓励着一切的发生。

韩晓婷拼命抵抗，却被一次又一次地扇着巴掌，她的衣服被撕破了，母亲刚刚给她买的内衣也被解开，她拼命捂住胸口，却被一双手无情地拽了下来。

张蕾在一旁欢乐地大喊："还有裤子。"

几个女生像做游戏一样，失去了理智，几个人分工配合，一个拉开韩晓婷的手，一个扯去韩晓婷的裤子，一旁的手机开着摄像头，韩晓婷的哭声叫声不绝于耳。所有绝望的声音都变成了背景音，衬托着她们没心没肺的笑声。

韩晓婷最终晕倒了。

她醒来时，衣衫不整地躺在那片蔷薇中，那是她第一次知道，蔷薇虽美丽，但它的刺，扎得人真疼。

15

韩晓婷没跟任何人说起这件事情。

她回到家，茶饭不思，把门紧紧地关上，也不和母亲交流，一连几天都没有去学校上课。母亲隐约感觉到她在学校发生了什么。

韩晓婷只说身体不舒服，母亲却感到一丝不安。

韩晓婷在家休养时，母亲经常去学校咨询情况，可每次过去，都因为说话口吃，被老师请回来。母亲身体本身就不好，这样几个来回后，母亲也病了。

韩晓婷觉得自己无路可走。她知道如果报警，警察只会把事情推给学校，让学校解决。而学校老师又不愿把事情闹大，只会大事化小，小事化了。更可怕的是，她被拍了不雅照，如果流传出去，以后还怎么做人。

此时，母亲又病倒了，她越想越怕，越想越绝望，于是想到了自杀。

她买了一瓶农药，并再三确认农药是真的，然后将它装进口袋里，走回了家。

她把门反锁起来，写完一封遗书，坐在地上，看着那瓶农药流泪。

有人说，天堂的天使总会在一个人最绝望的时候，给他一扇窗。每一个认真观察生活的人，都能看到这束光，从而改变自己的决定，改变自己的命运，接着让自己变得越来越好。

而韩晓婷的这个天使，就是张峰。

六十年后，当韩晓婷再次见到张峰时，是在殡仪馆，他已经是所有电子系统都被关闭、跳楼自杀的死人。她对着那具尸体说：“谢谢您，您就是我的那束光。”

打开农药后，韩晓婷忽然想起，自己还没写过书，还没去大城市，还没让母亲过上好日子，想到这里，她心里有太多的委屈，却无人能倾诉。

于是，她在微博上找到张峰，私信了张峰这辈子最重要的一段话：“我听过您的讲座，也记得您的鼓励，可是，我可能到不了您说的那个地方了，我知道您可能看不到我的留言，但是，很高兴认识您。永别了。”

她刚准备关手机，可没想到，留言马上得到了张峰的回复：“你在哪儿？电话号码是多少，请立刻回复我。”

韩晓婷吓了一跳，她没想到一个微博大V竟然回复了自己，她于是像吐酸水一样，把所有的事情都告诉了他。随后，她收到一条留言，留言写得很认真，也很急促，这些文字，来自远方：“不准想不开！记住，遇到任何事情都不能想不开，不准做傻事！明天就去学校上课，你别怕，每天给我更新你的行程，我一直关心到底。”

短短几句话，温暖了韩晓婷，就像在一个漆黑的屋子里突然看到一束光，那束光，照亮了整个房间，温暖了每个角落。

张峰因为需要评论实事，所以每天必须刷微博，每当有人找他，他都会立刻回复，他是一个不红的作家，却重视每一条留言，重视粉丝的每一件事。

第二天，韩晓婷去上课了，临走前，她给母亲喂了药，然后默念了几遍张峰的名字，才出了门。

母亲看到她振作起来，很高兴，早上吃了一大碗饭。

韩晓婷去了学校，径直走进教室。那一天，她去得很早，其实是因为昨天晚上几乎没睡。

她坐到自己的座位上，打开书，尝试着在书里寻找安慰。可是，打开书，书里却夹着一张照片，照片上她半裸着，背景是一片美丽的蔷薇。

她控制住自己即将崩溃的情绪，默念了张峰老师的名字，赶紧合上书。

接下来，她一直发呆，直到张蓓、张蕾姗姗来迟，她还在一直发呆。

张蓓、张蕾当作什么事情都没发生，而韩晓婷却一直心怀恐惧，她颤抖着，度日如年。因为她不知道这张照片被传到了哪里，还有多少张这样的照片，自己将要面临的后果会是什么……

下课后，她被张蓓、张蕾叫了出去，刘涛站在一边一直没有说话。张蕾笑着说：“好久不见，看到我们送你的礼物了吗？”

韩晓婷抓住了张蕾的袖口，忽然哭了出来，说：“我错了，我错了还不行吗？你们饶了我吧。”

张蕾甩掉了她的手，微笑着说：“早说错了不就好了？”

韩晓婷说：“你们到底想干吗？怎么样才能放过我？我哪里得罪你们了，你们告诉我，我道歉还不行吗？”

张蕾看了一眼刘涛，刘涛摇摇头，耸耸肩，意味着这已经和自己无关了。

张蓓走了过去，贴着韩晓婷说：“我们就是看你不爽。”

韩晓婷继续哭着。

张蕾说：“你照我们的意思办，要不然我们就把这些视频都发出去，让你妈妈也看看，让全班同学都欣赏一下。”

韩晓婷抽泣着，抬起头。

张蕾笑得一塌糊涂，像正在看一部喜剧片。

韩晓婷说：“好，你们让我干什么都行。”

张蓓看了一眼张蕾，坏笑了一声，说：“好，晚上放学跟我们走。”

张蕾笑着说：“听话，其他都好说。”

韩晓婷点点头："我都答应。"

本是白璧无瑕的年华，却总是被明刺、暗刺扎伤；本不应该灯红酒绿的年纪，却总是被浮华淹没。

张蕾的哥哥黄毛是县城里出了名的小混混，靠开酒吧为生，他的酒吧里没有毒品，却有假酒和一些果儿。

果儿是北方话，是指一些样貌不错的女孩子。这些女孩子大多数都来自附近的大学和中学，她们在读书期间为了和别人攀比，为了满足物欲，就用闲暇时间去KTV兼职一份工作，这份工作见不得光。

可是这些年，愿意做这一行的女生越来越少，黄毛生意不好，十分着急。

张蕾欠黄毛一个人情，几天前，张蕾再次找黄毛帮忙时，黄毛提出了这么一个条件：他负责帮张蕾解气，张蕾负责给他找果儿。

张蕾想，一箭双雕，那刚好就用韩晓婷来弥补。

韩晓婷第一次进KTV时，就被里面的浮华震撼到了，她第一次发现KTV里面竟然还有这么多种类的酒和穿着如此暴露的姑娘，她慌张地躲在张蕾身后，仿佛张蕾对她的伤害会少一点儿。

她们绕了几条过道，走过十多个房间，歌声和人声混杂着。

接着她们走进一个小房间，房间里放着没人唱的歌曲，声音不大，她却能听清楚歌词：拒绝黄拒绝赌，拒绝黄赌毒……

皮革沙发上，坐着两个人，一个是黄毛，另一个是那天动手打过她的女人。

韩晓婷一进房间，吓了一跳，立刻转身问张蕾：“你到底想干什么？我已经道歉了，你们还想怎么样？”

张蕾刚准备说话，坐着的那个女生开口了，她起身说：“想明白了？要做？”

韩晓婷仿佛意识到了什么，她往后退了一步，双手交叉捂住了胸口，她说：“做什么？”

女士好奇地问张蕾：“你们不是沟通好了吗？”

张蕾说：“王姐，你放心，都沟通好了，她都愿意。”

张蕾拍了一下韩晓婷，小声说：“你最好听他们的话，让你干吗你就干吗，别给我废话。”

韩晓婷的声音变大了，说：“你到底让我干吗？”

张蕾停顿了一下，小声地慢慢说出两个字：“援交。”

韩晓婷大惊失色，这两个字，她曾在书里读到过，却不曾想到自己也会遇到这件事情，她恐惧地看着张蕾，摇着头，向后退。

张蕾一看不对劲，于是拍了拍她的头，说：“你想清楚后果，别忘了照片在我们手上！”

坐在沙发上的黄毛也着急了，说：“妹妹，你这工作怎么做的，别耽误我们的时间啊，一会儿客人来了！”

张蕾一副赔笑的样子跟黄毛说：“哥、王姐，你们放心，我来搞定。”

张蕾把韩晓婷拉到了房间外，恶狠狠地看着韩晓婷，一字一顿地说：“你最好答应，要不然，我就把那些照片发出去。”

韩晓婷终于发怒了，当张蕾以“我们”开头说话时，韩晓婷是畏惧的，可是当她的对话中只有“我”的时候，杀伤力一下子变小了很多。一个人在集体中，总能够爆发出惊人而可怕的力量，他在集体中，永远不会意识到自己是在作恶，因为集体把他最坏的一面伪装起来了，人在集体中，智商是堪忧的。

张蕾好像也意识到，当自己不说“我们”而说“我”时，威力减弱了不少。和韩晓婷气场相撞时，她想起脸上的疤痕，想起那天韩晓婷抓住她头发时的场景。

忽然，她的声音开始有些颤抖。但她冷静地思考了一下，自己还是占优势的，于是依旧挺直了腰板。她这时的样子虽然有些滑稽，但还是有些气势。

韩晓婷咬了咬牙，对张蕾说：“张蕾，我和你到底有什么仇，你非要这么对我？”

张蕾忽然有些结巴，说：“你……没资格跟我谈条件，答应了，视频一辈子不会传出去；不答应，明天全校都会知道！”

韩晓婷站在包房门口，无数想法冲进她的脑海，可是，她不敢也不忍心，更无法面对那样的自己。她想起了很多人，书里的人，书外的人，那些死去和活着的人，她忽然意识到：自己连死都不怕，还怕什么呢？贞操比生命更重要吗？

终于她勇敢地抬起了头，转身跑出了KTV，张蕾想拦住她，可一个人，却无能为力。

张蕾看着她跑出KTV，看着她的背影，咬着牙进了包房。包房里，黄毛生气地对张蕾说：“妹妹，我对你很失望，如果她不来的话，你最好再找一个，要不然你就自己来吧，我总要给王姐一个交代啊。”

王姐点点头，说：“我这边都可以培养。”

张蕾听到这句话，双腿使劲打起了哆嗦。

16

“原子弹在什么时候最可怕？是爆炸的时候？不，那个时候不是最可怕的。是炸完之后？不，那时最可怕的阶段已经过去。原子弹悬在头上的时候，才最可怕。”刘涛继续说，“在希腊神话里，有一个国王叫狄奥尼修斯，他请他的朋友达摩克利斯赴宴，让他坐在国王的宝座上，可是在他的头上，悬着一把剑，剑尖朝下，一直欲落未落，令人恐惧万分。”

刘涛讲完上面这番话，张蕾一脸蒙圈：“你啥意思？”

刘涛叹了口气：“我让你们平时多读书，都不听我的，总觉得我在害你们，现在还这么觉得吗？”

张蓓也有点儿着急：“你到底想表达什么？”

刘涛说：“你们别把她的视频和照片发出去，一旦发出去了，就失去了谈判的筹码，最多就是大家都知道了，搞不好你们还可能被老师骂一顿，黄毛的事情也没有解决，两头堵。”

张蕾说：“有点儿道理，那你说怎么办？现在威胁都没用，她就是不做，黄毛非要找个人。”

刘涛说：“你有没有试过，先发一小部分出去呢？这个才是威慑最大的。”

张蓓一拍大腿，说：“对啊，我怎么没想到，先剪辑一小段啊。”

张蕾说：“啥意思啊，剪一小段干吗，那其他的白拍了？”

张蓓说：“你是不是傻？就把前面那段发到网上，吓到她之后，再谈一次，她知道我们动真格的，八成就成功了。”

张蕾说：“哦，明白了，还真是。”

刘涛起身，从餐桌前离开，她说："我先走了，肖帅到了，对了，别把事情弄太大。"

张蓓笑着说："他别把你弄大才对。"

刘涛："滚蛋。"

张蕾说："放心，我们也就是玩玩。"

刘涛说："我也是玩玩。"说完笑着离开。肖帅骑着自行车，白色的衬衫在校园里散发着青春的气息。

他看到刘涛后，微笑着跟她打了个招呼。她笑着坐在他的后座上，在微风舒适的县城，两人甜蜜地一路向家飞驰。

在过去的半年里，刘涛已经不骑自行车了，她喜欢肖帅载着她的感觉，喜欢肖帅先绕路送自己，他自己再回家。因为这样她能从身后抱住肖帅，能摸到他坚硬的腹肌，能闻到他身上的味道，更重要的是，当她贴紧他的背时，能透过他的身体，听到他的心跳声。刘涛觉得这是一种幸福，而肖帅却说，刘涛该减肥了。

三天后，刘涛依旧靠着肖帅的背，听肖帅的心跳声，可肖帅却一直沉默。到了一个路口，他隐隐约约说了一句："你们又动手打韩晓婷了？"

刘涛吓了一跳，以为自己听错了。肖帅停了车，刘涛刚抬起头，想确认一次，肖帅就让她下车。

他转向刘涛，认真地问她："你们，是不是又动手打韩晓婷了？"

刘涛有些惊讶，肖帅拿出手机，打开那个视频，视频播放到韩晓婷被撕扯衣服时戛然而止，有明显的剪辑痕迹。

肖帅深吸一口气，问："这是什么时候的事情？"

刘涛说："我不知道。"

肖帅有些愤怒："什么你不知道，这旁边的人是不是你？"

刘涛哑口无言，低下了头。

肖帅说："你们知道这样做是犯法的吗？"

刘涛有些没反应过来，她还没有意识到这件事情的严重性。

肖帅说："我在班级群里看到了这个视频……我说过多少次，不准再动手打韩晓婷！不准再造她的谣了！我受够了！她有自己的选择，你们有什么资格去教训她！你们不觉得自己错了吗？"

刘涛说："我……我没有打，我没有动手。"

肖帅吼了出来："你围观了！围观和动手有什么区别？"

刘涛也生气了，她大声地喊着："是的，我围观了！你干吗那么关心韩晓婷，她就是个贱人！你现在的女朋友是我，你知道吗？是我！"

肖帅说："我是关心你，所以才不让你去围观的，万一你被开除了呢？你们不知道这种行为有错吗？”

刘涛抬起头，说：“你觉得老师会管吗？”

肖帅咬了咬牙，说：“刘涛，从今天开始，你必须离张蓓、张蕾远一些，她们注定考不上大学，她们也不用考！而你不一样，你要是考不上，一辈子就废了，要是这样怎么办！我不允许你再搭理她们，你听到了吗？”

刘涛说：“你现在关心我了？那你就不要出国啊！你出国了，想过我怎么办吗？”

肖帅自知理亏，可依旧说：“刘涛，那是我的未来。你要做的，是管好自己的未来。”

刘涛忽然有些哽咽，说：“那我们的未来呢？”

肖帅再次拿出视频，喊了出来：“不要转移话题！你们为什么动手打人，还发到班级群里？”

看到视频里笑着的刘涛，肖帅又指着视频说：“你为什么在笑？很好笑吗？你们是在打人啊！”

肖帅的话里带着浓浓的火药味，一点就着，可是刘涛偏偏点了一把火。

刘涛被肖帅的话激怒了，她在马路上大喊：“肖帅，我笑怎么了？如果你喜欢韩晓婷，如果我们没有未来，好，那就分手！分手啊！”

说完，她转身走了。

刘涛没有想到，肖帅竟然没有挽留，也没有追上来。

他一个人骑着车，从另一条路离开了。

刘涛停下来，打开那个视频，冷静地看完，目光定在自己身上。那个自己，为什么在笑啊？她在笑什么？她为什么这么开心啊？

刘涛蹲在地上，泪流满面。

几年后，刘涛还在自问，这个叫肖帅的男生到底有没有爱过自己，但她更想问，那时的自己，为什么会笑。

这个视频，是三天前张蕾匿名发在班级群里的，她以半炫耀半威胁的心态，等着看好戏。

可是，她不懂互联网传播的速度，更不懂暴力和色情内容更容易在互联网上传开。仅仅三天，整个校园都知道了那天的校园暴力事件，都从视频里看到了那片带刺的蔷薇花。

仅仅一周，微博上已经全都在传这个视频，评论区骂声一片，所有人都疯狂地谩骂着打人的那些孩子。

韩晓婷当然知道发生了什么，她再次看了那段视频，复习了那个时刻，她害怕这样的事再次发生，她为这件事情竟然发生在自己身上感到愤怒，她为这件事情的受害者是自己感到痛苦，但她最担心的是后半段视频何时流出。

她回到家，不敢出门，更不想妥协去援交。难过万分时，她又看到了自己买的那瓶农药。

当她再次准备轻生时，忽然想起了曾经的那束光。

她再次私信了那位作家，那位没什么粉丝、永远泡在网上的作家张峰。

她说："前几天她们殴打我的视频在网上传出来了，全校都知道了，我很难过，那个被打的、窝囊的、受伤的人，不是别人，正是我。"

很快，一条消息映入眼帘："视频能发我看看吗？"

韩晓婷发给了张峰，视频时长三分钟，可是，一分钟后，张峰就回复了，他的留言只有一个"×"字，接着，他回复了一句话："保护好自己，我在校外帮助你。"

张峰其实没做什么，他只是在微博上发了言，虽然他的粉丝不多，但他平时关心的往往都是重要事件，这次又因为他写清楚了学校名字、班级，内容火爆，微博很快得到了更多人的关注，包括一些营销号。其中的大多数营销号只是为了一些流量，以后好开个高价卖广告，这些天一直缺少内容，忽然发现一个不知名的作者竟然发出一条独家内容，还不涉及版权，便纷纷转发，并且配上文字，如"世界怎么了""下手如此狠"等。

一周之后，当事件开始发酵，信息逐渐扩散，链接一次接一次被转发，很快，全国的人都知道了。

这几十巴掌、无数次的撕扯，让许多网友起了恻隐之心。

有人说："我的女儿如果这样被打，我一定杀了这帮人。"

有人说："我想起了我的小时候，希望警方调查。"

有人说："作恶者还是孩子，但千万不要放过他们。"

有人说："人肉这些人渣。"

有人说："如果警察不管，我们就找人一起把这几个人找出来。"

也有人问："后面的视频呢？"

视频经过一次又一次的传播，张蓓和张蕾被远方的亲人、朋友认了出来，被初中同学认了出来，甚至被小学同学发短信确认。那个曾经被她们侮辱为"猪妈妈"的同学甚至在论坛上写了一篇长文——《我转学的经历》，控诉张蓓和张蕾。这篇文章瞬间引爆网络，舆论开始转为实名制。

韩晓婷的母亲看到视频，病情加重，如梦初醒，吐了两口血，被送往医院抢救。

张蓓、张蕾开始如坐针毡。她们看到无数条微博对自己进行谩骂、声讨和人身攻击，忽然明白，面对互联网，其实自己才是弱势群体，其实自己才是少数人，其实自己真的做错了。

更让她们害怕的是,因为事件影响恶劣,当地警方迫于压力,开始立案侦查了。

17

在一个扭曲的小环境里，人们总以为别人是弱势群体，于是总想为所欲为，可是，当丑陋被放大、无知被公布，当多数人瞬间变成了少数人、少数人变成了多数人，事情就转了风向。

一场校园暴力，引起了全社会的关注，建国中学也因此出了名。也就是这个事件，让韩晓婷知道了网络的重要性，这为她今后的职业生涯做了很多铺垫。

张蓓和张蕾的家庭背景很快被人肉出来，贴在网上，当知道她们是“富二代”，多次实施校园欺凌时，网民们按捺不住内心的愤恨，攻占了当地公安局的微博，大骂他们不作为。

迫于压力，当地公安局不得不加速侦查，教育部也开始重视。很快，两名施暴者和当天参与案件的其他人，全部被控制起来。

韩晓婷的母亲最终检查出心梗，抢救无效，离世了。

大伯捧着韩晓婷母亲的遗像，坐在建国中学的门口，一坐就是七天，前来采访的媒体络绎不绝，之后，他气愤地把学校告上法庭。

张蓓、张蕾被警察带走前，还在课堂上睡觉，被老师叫起来的刹那，脸上还充满着孩童般的好奇。

毕竟睡了一学期，为什么这个时候被老师点名，当张蓓看到教室门口穿着警服的警察时，顿时紧张起来，拍醒了张蕾。

两人在警察局里交代了自己的错误，并拿出给韩晓婷拍的剩余视频。审讯她们的警察震惊了，他看着眼前这两个看起来如此年轻天真的孩子，再看一眼没发出来的视频，惊讶得合不拢嘴，脱口而出："你们到底有什么仇？"

双胞胎吓得"哇"的一声哭了出来，那时，她们真的只是孩子。

张蕾哭着说："我错了，我只是觉得这样好玩。"

一位刚当父亲的警察失态地说："好玩？如果我不是警察，你们就死定了。"

当初韩晓婷报案时，负责接待的那个警察也被撤了职。

事态越来越严峻。

韩晓婷被带去医院做身体检查，检查结果是轻伤，当她醒来时，母亲已经离世。她哭了三天三夜，因为她没有见到母亲最后一面。

她无法想象母亲是如何伤心而孤独地死去的，也无法接受只在转眼间，她与母亲便阴阳两隔。没有了母亲，她不知道一个人应该怎么活下去。

在多方介入下，张蕾和张蓓的父母来到医院，找到了韩晓婷。在医院里，“丝手套”竟然哭了起来，她跪在韩晓婷旁边，一边哭一边说，自己只有这两个宝贝孩子，是自己管教无方，愿意赔偿所有的损失。

韩晓婷躺在病床上，不说话，面无表情，看不出有一丝痛苦，最初痛彻心扉的哭喊已经化作绝望。

她的大伯恶狠狠地回答了两个字：“滚蛋。”

孩子心里的阴影，是谁也无法抹去的。

这时，那个曾经的母老虎，突然柔软得像水，她恳求着，希望韩晓婷的家人高抬贵手，不要起诉，要不然她的两个孩子的前程就毁了。

韩晓婷在一旁，面无表情地看着她。

“丝手套”继续哭着，跪在地上，嘶吼着：“晓婷，阿姨对不起你，你不要再逼阿姨了，阿姨就这两个宝贝孩子啊。”

韩晓婷这时冷冷地答一句：“阿姨，我没有逼你，是你们逼我。”

张父坐在一旁，有些忍不住，他伸出五根手指说：“这个数，可以吗？”

韩晓婷冷冷地看了过去，说：“我以后会赚比这还多的钱，然后‘报复’你全家，再给你这个数的十倍。”

“丝手套”听到这句话，哭得更狠了。

坐在一旁的大伯拿出一张纸条，递了过去，什么也没说。

张父接过纸条，打开，上面工工整整地写着一段话，是大伯从网上抄写下来的：

1. 故意殴打他人的，违反《治安管理处罚法》的规定。根据情节轻重可能拘留 5 ~ 15 天，罚款 500 元以下。

2. 故意伤害他人身体，致人轻伤的，处三年以下有期徒刑、拘役或者管制。

3. 致人重伤的，处三年以上、十年以下有期徒刑。

4. 致人死亡的，或者致人重伤手段特别残忍的，处十年以上有期徒刑、无期徒刑或者死刑。

大伯继续说：“你们以为钱可以解决所有事情吗？这次不行了！监狱里见吧！”

“丝手套”听到这里，晕了过去。

谁都知道，他们不是没有找人，也不是没钱走关系，而是在眼下的舆论压力之下，所有的关系都没有用，没有人敢贸然私自解决问题。

张父亦知自己理亏，叫来司机，架走了“丝手套”。

那是韩晓婷最后一次见到她。面对这样一个女人，她不知是应该原谅还是应该继续痛恨，她瞬间迷茫了。

这个问题，韩晓婷直到最后才明白，原谅和痛恨，不过一念之间，最后的结果却差之千里。

从那时起，韩晓婷明白了一件事：只有自己强大了，才不会被人欺负，这些坏人才会低下头，跟自己认错。

她下定决心：从今天起，不允许任何人再欺负自己，她要变强，变得十分强大。

第二天，韩晓婷在警察局里，指认了KTV里的王姐和另外两个动手打她的女孩，三人均满十八岁，社会人士，就职于黄毛开的KTV。黄毛知道这件事情后，找了很多人，奈何舆论压力太大，谁也帮不了他，很快，他的店被关了，他也被抓了起来。

那几天，蔷薇花开得更茂盛了。

韩晓婷在青春期里最后一次见到张蓓、张蕾是在法院。她

JY1-2

们都被剪掉了长发，穿着一件橘黄色的背心，韩晓婷指认完她们，试图再次直视她们的眼睛，可她们却一直低着头，不敢与她对视。

十几年后，她们都长大了。每次想到这些事情时，韩晓婷依旧会咬牙切齿。

一段时间后，案子证据确凿，也有了结果。当初用来威胁韩晓婷的视频，如今竟然成了韩晓婷指控打人者的证据。

韩晓婷高二时，也就是蔷薇花再次盛开的时候，当地法院公布了判决结果：

法院经审理认为，五名被告人无故随意殴打未成年被害人，情节恶劣，均已构成寻衅滋事罪，考虑五名被告有两名未成年，其余三名具备自首、获得谅解等量刑情节，并结合其各自在案件中所起的作用，判处被告人张蕾有期徒刑8个月，判处被告人张蓓有期徒刑6个月，判处其余三人有期徒刑1～3年。

案件至此，所有苦难终于结束，正义得到伸张，可是留给韩晓婷的，却是一辈子的伤害。

从那时起，韩晓婷就不会笑了，甚至不会哭了，因为她明白，哭与笑都无意义。只有自身足够强大，才有话语权。

让人无法理解的是，由于刘涛没有动手打人，她被免于法律的制裁。

但刘涛和肖帅的感情，也就此画上句号。在失去朋友和感情的双重打击下，刘涛的成绩一落千丈，她长期旷课，情绪低落，最终只考上一所专科学校。毕业后，因为找不到工作，来北京投奔自己的叔叔，他在一家即将上市的广告公司工作。叔叔把刘涛推荐到一家名叫“亭亭玉立文化传媒有限公司”的公司。十年后，故事竟得以继续。

法院最终判决韩晓婷胜诉，学校赔偿她十万元，她的大伯把赔偿金全部用在韩晓婷的教育上，让她转学去了北京。韩晓婷去北京时，除了衣物，只带了一张母亲的照片，这张照片成了她这辈子唯一的精神支柱。

肖帅毕业后出了国，杳无音讯，据说临走前，他给韩晓婷写了一封信，信上只有一句话：“对不起，再见。”

张蓓、张蕾刑满释放后转学，因为视频的影响太大，没有学校愿意接收她们，最终她们只好辍学，进入父母的公司工作。几年后公司主做房地产，也就是三十年后遭受网络暴力最频繁的集团。

随着关注的人越来越少，她们买下了关键词，删除了网络上的消息和有关两人的负面信息，这个事件从此销声匿迹。

韩晓婷转学前，收到了肖帅寄给自己的信，她看完信，走到蔷薇花前，眼前美不胜收，花香弥漫，像极了青春的模样。她静静地看着校园里的蔷薇，以及它身上的刺。和大家告别后，全班一起拍了最后一张欢送她的合影。

背后的蔷薇花开得很美，韩晓婷却面无表情。

临走前，刘涛和全班同学一起送她，韩晓婷转头，冷冷地看着刘涛。

刘涛被看得发毛："这么看着我干吗，我又没动手！"

韩晓婷冷冷地说："你笑了。"

那几个字，一直刻在刘涛心里，偶尔想起时，还会让她寝食难安。

韩晓婷到了北京，过上了正常的生活，她努力学习，多次在作文大赛中获得一等奖，她笔下的文字深邃、阴郁，却吸引人。她后来考入北京的一所大学，学习广告专业，因为写得一手好文案，无可替代，毕业后，在北京开了一家公司，名字叫作"亭亭玉立文化传媒有限公司"。

多年以后，她从北京回到老家，身着白色的衣服，站在那片蔷薇花前，忽然想起种种往事。后来想到公司新入职的一名叫刘涛的员工时，她握紧了拳头，自言自语道："所有的仇，我都会报的。"说完，泪如雨下。

蔷薇花的刺，映入她的眼帘。

从远处看，她和那片带刺的蔷薇融为一体，变成了同一个模样。

Part 2

月季花的刺

1

月季花，象征冠军、胜利、成功、名利以及所有世俗的美好，在成人世界里，人们时常把它当作礼物，送给那些名利场上的佼佼者。月季花的鲜红，是创业后的韩晓婷最喜欢的颜色。

时间像一把剪刀，剪掉了一些回忆，又留下了一些痕迹。

此时的韩晓婷，已经 27 岁了。

这些年，岁月剪掉了韩晓婷的包袱，留下了她的抱负，强化了她的报复心。大学里，她依旧沉默寡言，目的性极强地做着每件事。她讨厌矫情和煽情，只喜欢永无止境的考试和弱肉强食的规则。

大学四年，她的考试成绩年年高居年级第一，作品多次获奖，获得了保研资格，却毅然放弃，选择走入职场。

在她的生命里，只有赚钱这一个目标，她要让母亲看到，自己从来不会让她失望。

母亲去世后，留下她一个人，从十六岁到今天。

好在这一切都在逐渐发生改变。

毕业后的五年里，韩晓婷的公司从几个人变成了几十个，又变成上百个；从资金短缺，到融到两轮的投资；从一个小房间，变成一层楼，然后变成一栋楼。她开始相信那句鸡汤：毕业后的五年，可以改变人的一生。

每个夜晚，看着夜色中办公楼上“亭亭玉立”的字样时，她都会想，一定要让这家广告公司上市，它就像自己的孩子一样，她想让所有跟她一样，从一无所有奋斗到今天的股东实现财务自由。

在她的眼中，除了事业成功，没什么能让她感到兴奋。她的脸上，很少露出笑容，永远神情严肃，她始终思索着如何把公司做大做强。

苦难磨灭了她对感情的期待，暴力杀死了她的笑容。

她只喜欢坐在办公室里，对着电脑，每日加班，以公司为家。

她不苟言笑，严谨成了她的生活态度，直白成了她的处世原则。

有时候，朋友给她介绍对象，她总是摆摆手。她觉得自己这辈子都不会结婚了,踏踏实实地做个体面的普通人就很好了。

直到有一天，她计划好的生活，因为一个人的闯入而被打乱了。

公司越做越大，新业务越来越多，除了创造出固定的广告文案量，还要帮助其他公司举办大型活动，写更吸引人的广告文案，于是她在年底，成立了“亭亭玉立”公关部。

有一天，公关部负责人白总把应聘者的简历递给韩晓婷的秘书汪苒时,无意间说了一句:“好像还有个应聘者是韩总的老乡。”

汪苒开玩笑地问：“一个城市的？”

白总小声说：“是一个县的。”

汪苒说：“那韩总可要开心了，铁铁的老乡。”

白总也笑了：“可不是嘛。”

第二天，汪苒在饭桌上陪韩总和客户聊业务时，趁客户去洗手间，说到公关部招聘到一位她老乡的事。韩晓婷有些微醺，开玩笑地说了一句：“公司还有我老乡呢？我们那个小地方，还有能来北京的？”

汪苒说：“白总说，好像和您还是一个县城的。”

韩晓婷夹了一筷子菜，头也没抬地问：“叫什么？”

汪苒说：“刘涛。”

这个名字像一道闪电划过，韩晓婷的筷子停在半空，菜掉到桌子上，她深深地吸了口气，有些动弹不得。

汪苒注意到了这个细节，一边用餐巾纸擦着掉在桌子上的菜，一边问："韩总，您……认识？"

韩晓婷放下筷子，拿出一根烟，故作镇静地点着，可是手却不听话地颤抖起来。汪苒有些不知所措，再次问道："韩总，怎么了，您认识她？"

韩晓婷说："不认识。"

说完，她抽了一口烟，想到了许多过去的事情。

汪苒担心地问："您还好吗？"

韩晓婷说："有些不舒服。"

汪苒说："是不是这个人……那，我们拒掉她吧，我跟公关部说一下。"

韩晓婷抽了一口烟，说："不，这个人一定要让她进来。先别跟她说起我，帮她把户口也办了，档案立刻调进公司的人才库，没我的命令谁也不准调走她。"

汪苒笑了起来，像是明白了什么："韩总真是念旧情，这是要重点培养啊。"

韩晓婷灭掉了烟，说："对，重点培养，我亲自培养。"

烟灭了，一个烟圈消失在天花板。

房门打开，客户进来，生意继续。

几年前，刘涛学的是中文，毕业后，一直找不到工作。她和张蓓、张蕾早就失去了联系。这些年她过得很窝火，没有丝毫成就感，运气仿佛在中学时用尽了。

在小县城当了一年的报社编辑后，刘涛发现没有前途，就决定来北京，投奔在京打工的叔叔，加上她大学时的男友王橙宇也在这儿，北京毕竟是首都，这一切，都加深了她进京的想法。

叔叔和白总的父亲是好朋友，经叔叔引荐，她来到了这个刚刚成立的公关部。

刘涛很刻苦，虽然起初不懂什么是公关，不知如何准备活动，但在面试之前，她读完了所有相关书籍，并且自费组织了几场活动，作为能力背书。

公关部的白总很喜欢她，就给了她一次面试的机会。

没想到她的口才不错，仪表端庄，能力突出，又是韩总的老乡，据韩总的秘书说，韩总要大力培养，更是锦上添花。

刘涛入职当天，白总找到刘涛，说大领导看完她的简历后十分喜欢，决定重点培养，帮她办理北京户口，并且把档案调入公司的人才库，让她尽快配合。

刘涛欣喜若狂，不停地感叹北京的机会多，可她不知道，自己正被卷入一个局中，而设这个局的，正是十年前的自己。

她没问大领导是谁，当天晚上，立刻打电话给男朋友王橙宇，告诉他面试顺利，可以留在北京了。

王橙宇在一家IT公司工作，月薪勉强糊口，艰难地在北京生活着，听说女朋友找到了工作，为她开心的同时，说了一句煞风景的话："太好了，终于不用我给你买东西了。"

刘涛有些负气地说："以后我给你买！"

王橙宇很懂女人，知道刘涛生气了，赶紧在电话里补救："那怎么成？"

其实他心里想，这实在是太好了。

2

王橙宇家庭状况很差，阴差阳错地来到北京，成了一名程序员。

刚到北京时，他立志成为一个伟大的人。他认为的伟大，就是要赚钱买房，赚好多钱，可是他引以为豪的编程能力在大城市和大公司里，却显得不足挂齿。

现实的压力，让他明白了自己工作能力有限，每个月入不敷出，还要给女朋友寄钱，久而久之，他疲惫了，开始骑驴找马，期待攀上一个能让自己少奋斗几十年的女人。

可惜的是，他没有太多的社交机会，就算有，女孩们一了解他的家庭状况，加上他脸上有一块明显的胎记，很快就敬而远之了。他虽能言善辩，但有时一件衣服就暴露了所有，没有一件像样的衣服，他连张口的机会都没有。

刘涛入职不久，他在一次老乡会上，认识了韩晓婷。

那天韩晓婷来得很晚，聚会快结束时，她才穿着西装姗姗来迟。

几句话后，她就知道了王橙宇和刘涛的关系。

她故作镇定，心里却早已打好了算盘。

于是，她制造机会，和王橙宇见了一面，王橙宇立刻被韩晓婷的气质和谈吐所吸引。当他得知韩晓婷的身份后，更加蠢蠢欲动，心想：这不就是我要找的那一位吗？

韩晓婷本来是绝不会正眼看他的，只是留了微信，从未联系。

在她的世界里，只有两件事：挣钱和成功。

可是仇恨很容易打开人的另一面。

得知王橙宇是刘涛的男朋友之后，韩晓婷又多了一件事情：报复。

她决定接近王橙宇，也只是为了报复刘涛。

这些天，韩晓婷想起了很多人，其中一个，是已经去了美国的肖帅。每当夜深人静时，她时常想，如果没有刘涛的陷害和挑拨，没有双胞胎的欺凌和打击，自己的青春会是怎样的，肖帅会和自己在一起吗？或者自己会有不一样的性格和人生吗？肖帅临走时说的那句话是什么意思，为什么要道歉，为什么说了再见却没说永别。再见就是还会再见，他到底想表达什么，他爱过自己吗？

每次想到这里，她都很难过，没有答案的结局，更令人难过。这成了她永远的痛。

韩晓婷以为刘涛是那次校园暴力事件中唯一逃脱法网的人，每当想到母亲临走前的煎熬以及自己的无能为力，仇恨就弥漫了她的双眼。

从前，韩晓婷只是很难过，有时甚至想忘记那一段经历，但现在，当刘涛送上门时，命运的安排让所有过往都变成了仇恨，这些仇恨让韩晓婷时刻提醒自己：以暴制暴是最终手段。

韩晓婷开始有意接触王橙宇，有时发一条微信，有时打一个电话，还有的时候，是彻彻底底的暧昧。她不懂暧昧的技巧，就学着电视剧里把“我”都改成“人家”，时不时地问他一些问题，还总发一些自拍、生活照，很快王橙宇就无法自拔了，他开始不停地发微信给她。

王橙宇送给韩晓婷的第一份礼物，是一束月季花，花用纸袋包着，美丽地绽放在韩晓婷的怀中。

韩晓婷喜欢月季花的颜色和香味，她接过花，对王橙宇说“谢谢”的时候，不经意地碰触到王橙宇的手，忽然间，王橙宇的世界像被点亮了一般。

雀跃的心让他早已忘记刘涛，他现在只有一个念头：如果能和韩晓婷在一起，自己一定会出人头地。

韩晓婷知道，让王橙宇多付出一些，就能使他产生更多的爱。

于是，以后每次见面，韩晓婷都会要求王橙宇带一束月季花，月季花是花中皇后，像极了韩晓婷的模样。

牡丹殊绝委春风，露菊萧疏怨晚丛。何似此花荣艳足，四时常放浅深红。

月季花，花容秀美，色彩鲜艳。

月季花，透着女皇的气场，和韩晓婷一样，散落在王橙宇心间。

而这一切，刘涛毫不知情。

她只感觉见到王橙宇越来越困难，却一直以为是工作原因，以为等他工作不忙时，就能见到他。

刘涛入职后，兢兢业业，任劳任怨，她想，既然王橙宇在努力工作，自己也不能拖他的后腿。

她负责给活动现场写一些文案，文字简洁干净，给领导留下了不错的印象。

“亭亭玉立”的公司大楼分布很有趣，领导在第五层，登高望远。而底层员工，往往在一二层，中层领导在三层，大楼没有四层，因为这个数字不吉利。

因为楼层的分割，刘涛一直没有机会见到大领导，上班也没时间和同事交流。下班回家后就开始期待和王橙宇见面，见不到时，要么一个人在家上上网，要么和王薇薇聊聊天。

她只知道，有位领导很喜欢她，但一直不知道是谁，也没人告诉她。在等级森严的公司里，员工间往往交谈很少，大家都惜字如金。

所有的相遇都在特殊的时刻，刘涛和韩晓婷分别后的第一次见面，是在电梯里。某天下班后，电梯从五层下来，门在二楼打开。

刘涛刚好加班结束准备回家，她进入电梯，映入眼帘的是韩晓婷和她的秘书汪苒。这么多年过去了，刘涛早已忘记韩晓婷长什么样，更何况当年的麻雀早已变成凤凰，穿着打扮早不像当年那个被人欺负的小女孩了。

可是，在韩晓婷眼中，刘涛、张蓓、张蕾三人就算化成灰，她也能认得。

无数个夜晚，她们的笑声和恶劣的行为萦绕在她的脑海里，让她无法入眠。她死死地盯着刘涛，像要生吞了她。刘涛却毫无知觉地玩着手机。

从二楼到一楼只有短短十秒，对韩晓婷来说，却像度过了一个世纪。她咬着牙，看着电梯门打开，刘涛慢慢地走出去，她靠着电梯，深深叹了口气。

秘书提醒韩晓婷："韩总，已经到了，韩总、韩总……"

她如同入定，像是沉浸在一片巨大的痛苦里，无法自拔。

电梯门快关上时，韩晓婷如梦初醒，夺门而出，对秘书说："明天，让公关部的所有人，去会议室开会。"

秘书点点头。

这是一次宣战，也是一次警醒，汪苒第一次看到韩晓婷目露凶光。

第二天，天照常亮了，可对韩晓婷而言，刚过去的那个夜晚，漫长而难熬。那一晚之后，她变成了一个恶魔。

车水马龙的北京，人们匆匆忙忙，会议室里，公关部的十多位同事早早到齐，他们打开笔记本电脑，等待韩晓婷的到来。这是韩晓婷第一次召集公关部全体员工开会，意义重大，每个人都十分重视。

刘涛准时到达，在会议室里，她翘首以盼，因为她特别想知道，到底是谁帮她解决了北京户口，还提拔了她。大公司里，人与人之间缺乏交流，气氛也十分压抑。

接着，门开了，秘书先进来，随后进来的是西装革履、化了淡妆、气势逼人的韩晓婷。她进来坐下，摘掉墨镜，对着所有人说："各位好，我是韩晓婷，大家可以叫我韩总，也可以叫我晓婷，都没问题，后面的工作，请大家多指教。"

办公室里响起了雷鸣般的掌声，此时的刘涛如梦初醒，许多往事浮现在眼前，她仔细看着眼前这个人，像被狠狠地打了一巴掌，脑袋"嗡"地炸了，瞬间，她后背的汗水湿透了衬衫。

她紧张到忘记鼓掌，擦了一下头上的汗，抬起头，她发现韩晓婷早就注意到她了。

韩晓婷笑着说："刘涛老师，别来无恙。"

刘涛有些无神，王薇薇在一旁，使劲用胳膊肘碰了她一下，暗示她一起鼓掌，刘涛立刻起立，紧张地说："不好意思，韩总，昨天有点儿没睡好。"

韩晓婷笑着说："没事儿，要保证睡眠，以后的工作量可大了。"

她的笑容十分迷人，王薇薇在刘涛的一边，欣赏着韩晓婷的微笑，而刘涛看到的，却是一把闪光的刀。

3

从前的丑小鸭，现在的月季花；曾经手无缚鸡之力，现在浑身是刺。

刘涛站起来，出乎所有人的意料。不知是韩晓婷的气场太大，逼她起立，还是过去和今天的种种让她充满恐惧。

韩晓婷笑着做了个让她坐下的手势，让秘书准备好PPT，熟练地打开全屏模式，拿出翻页笔，开始讲述她的战略。

她的声音充满磁性，铿锵有力，完全不像十年前的那只丑小鸭。

刘涛瞪大眼睛，竖起耳朵，紧闭着嘴，生怕漏掉一点儿细节、错过一句潜台词。她不清楚韩晓婷的葫芦里卖的是什么药，是打算与她冰释前嫌，还是十年前的仇恨，一直没有被忘记？她百思不得其解，为什么韩晓婷在北京发展得这么好？那些欺负她的人，不是都被判刑了吗？自己当年没有动手，她应该不会报复吧？她到底经历了什么，进步得如此之快？自己为何竟成了她的手下？

她飞速思考，思绪无法集中，听不进去韩晓婷的演讲，只觉得自己像被放在火上烤，浑身的汗哗哗地流着。

韩晓婷的PPT上写着公司今年的一个新项目，她说："我们今年，会承包几家公司的发布会和大型活动，这些公司，都是我们以前的合作伙伴。这次他们给我们机会，让我们承包他们的活动，是一次树立口碑的良机，希望你们不辜负公司，好好干！"

说完，她看了一眼刘涛。

坐着的人，频频点头，只有刘涛依旧低着头。

韩晓婷继续说："公关部成立不久，你们都是百里挑一的骨干，有些我还越级提拔，甚至解决了北京户口。"

说完，她又看了一眼刘涛，刘涛仍低着头，眼神迷离。

韩晓婷继续说："所以，不要让我失望，也不准让我失望！更不能让甲方失望！一周后的这场活动，是目前为止国内最大的手机供应商的发布会。我只有一个要求，就是重视细节，细节决定成败！祝你们圆满成功。"

励志的话讲完，韩晓婷坐了下来，大家意犹未尽，秘书汪苒站起来，像是做战斗前最后的动员："你们有信心吗？"

公关部的十多名同事一起喊着："有。"

声音从会议室传到门外，他们像是一支军队，而刘涛，则像一个落魄的逃兵。会议室外面的人，都好奇地看过来。

韩晓婷离开了办公室，这一回，她没有看刘涛，而刘涛一直低着头，在她心里，韩晓婷的每句话，都像在针对她，像是鼓励，又像是挑衅，刘涛瞬间迷茫了。

她思绪混乱，直到所有人离开后，依旧原地不动。她不知道发生了什么，十年前的事情一直浮现在她的脑海中，那些疑问，攻陷了她内心最后的宁静。

韩晓婷走进电梯，门关上的刹那，她对汪苒说："第一次承包活动，你去盯紧点，把每个人的分工报给我，记住，务必挑出错误，帮助他们提高。还有，别外传，内部解决。"

汪苒点点头，这些年她跟着韩晓婷，太明白她在想什么了，有些话根本不用多说，不该打听的，她也不去打听。

此时会议室里，白总正在分工，谁联系客户，谁需要对接来宾，他一边安排任务，一边写在纸上。

分到刘涛，白总不假思索地说："刘涛，你负责买些花，要带香味的，但也不要太香，放在会场做点缀。"

刘涛点点头，起身，离开办公室。

她的脑海里，还有小时候的点滴，她想起高中校园门口的蔷薇，想起无数往事。

她想起韩晓婷每逢下课，都会去楼下，望着那一片蔷薇发呆。那片蔷薇，现在回想起来好美。

韩晓婷怎么会变成现在这样呢?

她边想边走进花店，竟买了满满一车蔷薇，送进会场。

几天后，发布会如期举行。舞台周围，摆放着美丽的蔷薇，嘉宾入席时，都赞不绝口，有些嘉宾甚至摘上一朵，送给同行的女伴，有些人和蔷薇一起自拍。

第一场活动办得非常好，对方公司夸主办方很用心，他们很满意。

活动结束后，当公关部负责人把情况报告给韩晓婷时，韩晓婷却坐在办公室里，许久不说话。她的桌子上放着一沓厚厚的资料，是汪苒刚拿过来的，每一个环节，都写着不足，有些甚至是吹毛求疵。

白总说："他们都十分满意。"

她的脸上一点儿笑容也没有，跟白总说："这样你就满意了?"

白总惊住。

韩晓婷说："你知道如果对方是一群十分挑剔的客户，咱们这次活动就完蛋了!"

白总说："韩总，我不太明白……"

韩晓婷把资料递给了白总，说："你看看吧，我觉得可笑得很。"

白总打开资料，开始阅读。

韩晓婷继续说："你不知道蔷薇有刺吗？万一刺伤了嘉宾，刺伤了主办方，你想过后果吗？"

白总有些紧张，深吸了一口气，他的手上，只拿了刘涛的问题清单，其他人的问题清单都被韩晓婷收了起来。

韩晓婷说："蔷薇是你安排的？"

白总说："不是……我让……刘涛安排的。"

韩晓婷拍了一下桌子，严肃地说："下午三点，让你们部门的刘涛到我办公室来。"

这一举动，把白总吓得不轻。

当天，公关部高度重视，因为他们谁也不知道，究竟发生了什么，韩总非要越级找一个普通员工谈话。

消息在公司里迅速传开，有人以为韩晓婷和刘涛是朋友，有人以为要越级提拔刘涛，还有人以为，刘涛的叔叔关系强大。谁也没有想到，一个跨越十年恩怨的局，正在暗中升级。

在种种猜疑声中，下午三点，刘涛满怀期待和忐忑来到韩晓婷的办公室。她走进办公室，刚准备关门叙叙旧情，韩晓婷严肃的声音就从办公室里传来："不用关门。"

刘涛有些没反应过来，门外的员工都警觉起来。韩晓婷大声质问刘涛，仿佛想让所有人都听到："带刺的花有多少，你知道吗？”

刘涛尴尬地低着头，终于明白，韩晓婷只是在报复，赤裸裸地报复，而这一切，正是自己十年前播种下的种子，如今结了恶果。一切，才刚刚开始。更可怕的是，眼前这个魔头是自己一手造就的。

4

在校园里的蔷薇花旁，功成名就的韩晓婷曾经说过一句话：所有的仇恨，我都会还。

那些仇恨，包含了年少无知时被欺凌的无力，包含了丧母时的无助，包含了被夺走的爱情和一去不复返的青春。

于是，她决定以暴制暴。

以暴制暴，也就是以眼还眼、以牙还牙。韩晓婷当年就知道，君子报仇，十年不晚。可是十年后，往往物是人非，偌大的世界，你可能再也不会遇见你要报复的人。她本已遗忘，甚至不愿多想。

可是，如果那个人阴差阳错地跑到你的眼皮底下呢？如果那个人刚好就在你的刀斧之下呢？你愿意向下一刀，结束所有的恩怨，还是放过他？又或许，一刀下去，恩怨根本没有结束，反而加剧。

可是，当韩晓婷刚看到刘涛时，想都没想，本能地决定由自己去主宰接下来的游戏。

在所有的公司都是好事不出门，坏事传千里。刘涛这一次被当众羞辱了一番，不出一天，全公司的人都会得知。

有些人为她鸣不平，有些人以为韩晓婷是在锻炼她，只有刘涛自己知道，所谓的职场暴力才刚刚开始。至于何时结束，谁也不知道。暴力就像吸海洛因，一旦使用，便会上瘾。

王薇薇在家无聊地打游戏，时不时跟刘涛聊天，刘涛心乱如麻。这些天，韩晓婷没有理她，男朋友也不怎么回电话了，最可怕的是，公司布置了新任务，明天又要加班。

王薇薇说："你觉得韩总是在针对你，还是……考验你？"

刘涛没说话，王薇薇又加了一句："你啊，下次做事情还是小心点，多请示汇报，就不会挨骂了。"

刘涛点点头。

又是一天晚上，公关部忙到了深夜。有了上次的教训，这次刘涛格外小心，每个动作都分外注意。

在操作每一项任务前，她都请示了直属领导，仅仅是为了不让自己背锅。可是，他们所有的活动，都在韩晓婷设的局里。活动很圆满，到凌晨一点终于结束，什么事情都没有发生，一切顺利。

刘涛和许多小伙伴一样，住在五环外，此时地铁已经停运，公交也已经下班，打车虽然花费不菲，但公司提供报销。

白总心疼团队里的这些年轻孩子，说："大家辛苦，明天上午可以不来，睡个好觉。"

在欢呼声中，大伙儿散去。

可是谁也没想到，秘书汪苒第二天早上八点就紧急召集公关部开会，要求所有人十一点必须到位。

十一点前，大部分人都到了。

大家拖着疲惫的身躯，睁着蒙眬的双眼，满满的都是抱怨。

大家叽叽喳喳，议论到底发生了什么。

最后一个到达的，是王薇薇，昨晚她住在男朋友家，在五环外的郊区。

韩晓婷看了看表，人基本到齐，于是站了起来，微笑着对大家说："公关部的小伙伴们，今天没有白白早起。通知一件事情，没有迟到的，都提高一级奖金，每人三万，税后。"

所有人都忽然安静，面面相觑，随着第一个人的尖叫，现场爆发出惊人的欢呼声。

钱是对员工最好的鼓励。所有人的疲倦瞬间被抛到了九霄云外。

激动过后，韩晓婷让大家坐回座位，安静下来后，她说："今天迟到的，我也不扣钱了，奖金呢，肯定是没了，希望大家明白，我们公关部，纪律是最强的！"

大家继续欢呼，顺便环顾四周，盘算着谁没有到，然后开始窃窃私语，王薇薇眼睛最尖，发现只剩刘涛没来。

其他人并未察觉，他们要么还沉浸在欢呼声中，要么早就忽略了刘涛的存在。激动的情绪还在蔓延，但有些人已经开始猜测，韩总肯定是生谁的气了。

中午一点，刘涛背着包，哼着歌，前来打卡，迎面走来王薇薇。王薇薇刚准备说什么，刘涛笑嘻嘻地说："昨晚你又没回来，开心吗？"

王薇薇还没开口，刘涛继续说："昨天那么累，你还能出去潇洒，不回宿舍，厉害。"

她慢慢走进办公室，忽然发现其他人都已经到了，她有些惊讶，依然笑嘻嘻地跟同事打招呼："你们……可来得真早啊。"

大家好奇地看着她，明白了韩晓婷指的迟到的人是谁，直到她坐下，没有一个人搭理她，毕竟，谁也不愿意把好消息分享出去。可这个好消息，对刘涛来说，可是坏透了。

刘涛坐下时，王薇薇小声对她说："你怎么才来？"

刘涛也小声说："什么意思，不是说上午休息吗？"

王薇薇答："八点就接到了紧急电话，说韩总要发布项目。"

刘涛有些好奇："电话，谁打的电话？"

王薇薇答："韩总的秘书亲自打的，你没收到吗？"

刘涛看了看手机，打开了未接来电那一栏，没有任何记录，她估计是自己没接到或者信号不好，于是，做了个无奈的表情："我没收到，那不能怪我。"

她很得意，毕竟全部门只有自己多睡了一会儿。

王薇薇看了一眼刘涛，再次小声说："涨奖金了。"

刘涛听到这里，兴奋地大声问："真的？什么时候涨？"

一旁的男生听到她的欢呼声，一盆冷水泼了过来，说："没你的，谁叫你迟到了！"

王薇薇点点头，小声地说："好像只给今天没迟到的人涨。"

刘涛有些愤怒："那……我没接到电话啊！这……不公平啊！这是什么规定？哪里写了这样的规定啊……"

话音刚落，远处传来一个声音，坚定而有磁性："电话都不想接，还有资格抱怨不公平？"

不远处，从电梯口走下来一个西装革履的女性，她的妆容一丝不苟，精神状态良好，声音浑厚有磁性，她一边说，一边从不远处慢慢走来，高跟鞋和地板擦碰出的声音像是在宣告主权，又像是在警告谁。

所有人起身说：“韩总好。”

韩晓婷站在人群中，等大家的目光都落在自己身上，她说：“各位，我不希望我们团队里有那种自己犯了错，还反咬一口的人。这样的人，就是每个团队的毒瘤，是西天取经时的猪八戒，是让每个公司垮掉的害群之马！这样的人，我希望永远不要出现在我们最牛的公关部！自己犯了错，不承认，电话不接还有理抱怨。我今天就不点名了，希望大家引以为戒。”

说完，她转身离开，两个员工小声讨论：“还不点名呢，话都说到这个份上了，谁还不知道是谁？”

刘涛的头一直低着，桌子上的一张白纸被撕成了无数碎片，她没有责怪自己为什么没接到领导的电话，也没有懊恼为什么没有看清环境再抱怨，因为她清楚地知道，根本没人给自己打过电话，她也清楚，这场职场暴力已经升级，万箭齐发，而她就是靶子，动弹不得，只能接受。

她小声地问身边的男生：“你有没有接到电话？”

男生摇摇头，明显不愿意和她沟通。

她又问邻座的女生，那人也摆摆手，表示不想和她聊天。

只有王薇薇，从远处对她挥挥手，再指了指她，示意刘涛，除了她之外，大家都接到了电话。

刘涛恍然大悟，职场就是战场，当司令想要处死一名小兵时，往往不会直接下令，因为这样容易涣散军心，或者导致越级。当一系列针对这个小兵的政策被制定下来，所有的人都认为小兵错了，理应受罚，小兵除了认命，还有其他办法吗？

从这天起，刘涛开始被整个团队孤立，连中午吃饭也没有人愿意和她一起。她的室友王薇薇偶尔偷偷地和她吃个饭，还被其他同事“善意”地警告：“这人肯定是得罪领导了，你还是离她远点。”

刘涛过得十分艰难，生活和工作都让她非常拧巴，她开始长时间失眠。

月底，她拖着疲倦的身体，去财务部报销费用，当她递给财务部同事发票和车票时，对方看了她一眼，对照了一下材料，竟摇摇头说：“不好意思，你的发票需要领导签字。”

刘涛说：“白总签字了啊！”

财务继续摇着头说：“韩总说了，你的所有报销必须直接通过她，她亲自审批。”

刘涛惊讶地说：“什么？”

财务部的小姑娘继续说：“韩总特意交代过，你的报销金额和所有的工资状况，都必须让她亲自审批，并且要有她的签字。”刘涛愣住了，原来，在韩晓婷的帝国里，每一条通往自由的路，都被堵死，她想起当年的校园暴力事件，然后使劲地摇了摇头。

她痛苦的表情，像是道歉，像是忏悔，也像是在忍受难言之苦。

当天晚上，她又加班了，是被迫加班，因为没完成任务。不知不觉夜色已深，她正要回家，忽然接到一通电话，是男朋友王橙宇打来的，此时，其他工位都已经空了。

刘涛以为他终于忙完，约她吃夜宵，佯装有些生气，问："王橙宇，你有什么事情吗？"

电话那头，他用雄浑的声音说："刘涛，我们分手吧！"

刘涛愣在电话这端："你说什么？"

王橙宇气愤地说："你不配当我女朋友。"

说完，他挂掉了电话，刘涛再打过去，那边一直是忙音。

黑夜，让刘涛迷茫。

5

《圣经·新约·马太福音》中有一句话："凡有的，还要加倍给他，叫他多余；没有的，连他所有的也要夺过来。"这句话的意思，归根到底就是一句话：强者愈强，弱者愈弱。

倘若一个人，今天有一件事情倒霉，其他的事情往往也不会好到哪里去。

对刘涛来说，今天算是倒霉到家了。

只是，她没想到，无论是工作不顺，还是感情失利，都和一个人息息相关，也和十年前的校园暴力紧密相关。

刘涛百思不得其解，王橙宇为什么要和自己分手，不过是两周没有见面，他不是解释说一直很忙吗？不是说爱的只有她吗？只是暂时见不到，忙完不就可以见面了吗？

这期间，到底发生了什么？

在痛苦和疑惑中，她的工作效率和生活状态都发生了变化，失恋的人是可怕的，她变得茶饭不思，无精打采。同事跟她打招呼，她要么有气无力地回答，要么压根儿听不到。本就严重的职场暴力，因为她的不冷不热，再次升级了不少。连新同事和她沟通后，都会情不自禁地说："这人果然有病，之前还以为大家冤枉她呢。""我找她沟通个工作，怎么这个态度啊！""天天这个精神状态，也不知道谁让她进来的。""她这是和哪个领导有关系啊……"

小道消息的传播速度往往很快，虽然公司有一百多人，但很快，部门的人都得到了一个统一消息：刘涛不是个好同志。

总有压倒骆驼的最后一根稻草，而王薇薇就是那根稻草。

一天下午，王薇薇陪刘涛回家，两人走进地铁后，王薇薇小声对她说："刘涛，我要搬走了。"

刘涛一开始还没听清楚，问了句："什么？"

王薇薇说："刘涛，我过两天就搬走了，住男朋友家。"

熙熙攘攘的北京，车水马龙，地铁里人潮拥挤。

刘涛在这样的城市里，本来就没有什么存在感，一听最后一位朋友也要离开她了，接下来她还要面对高昂的房租，就"哇"的一声，在地铁里哭了出来。

刘涛号啕大哭，不顾旁人围观，一边哭一边喊："你也不要我了！啊！都不要我了！"

周围的人吓了一跳，不解地看着她。

王薇薇见状，赶紧安慰道："别哭啊，我还没确定……"

刘涛打断她："我和他认识六年了，大学就在一起，他说分手就分手，连个理由都不给我，还是在我最需要他的时候。我都不知道发生了什么，六年啊，你知道六年意味着什么吗？"

刘涛的声音太大，穿透了整个车厢，地铁飞快地驶过一个广告牌，上面写着"爱她就给她送一支口红"，映衬着她的孤单。

顶着众人的目光，她继续哭，以至于王薇薇都害羞地低下了头，她说："我觉得这个城市太冷漠了，我想回家，我不想在这里受苦了，我要回家……"

一些人低着头玩手机，一些人抬起头，掏出手机拍照。只有一个看似刚失恋的大姐姐走了过来，在一边安慰她，说：“别哭，为了渣男有什么好哭的？”

王薇薇说着，也加入了安慰的队伍：“别哭了，别哭了，我不走了还不行吗？”

刘涛一直哭到地铁到站。

下地铁时，刘涛的眼泪已经让脸上的妆都花了，她一把一把地抹着眼泪，把整张脸都抹黑了。

王薇薇看着刘涛的黑脸时，忽然笑了：“好点儿了吗？”

刘涛不好意思地点点头，继续抹眼泪。

王薇薇说：“你为什么不去问问他？”

刘涛摇摇头，说：“我不敢。”

王薇薇大声说：“那也不能不知道原因就分手吧，这眼泪不就白流了？死也要死个明白啊！”

刘涛又哭了起来：“我不想见他，他是个坏人！”

王薇薇说：“那你也要知道坏人为什么坏啊，这坏人可是你的爱人啊。”

刘涛仿佛被点醒了，立刻转身，重新钻入进城的地铁，飞快地消失在人海中。

每次地铁到站停歇时，她都十分着急地看看表，甚至想冲下去跑到王橙宇面前，可是自己体力太差，不得不放弃这个念头。

一个小时后，她终于到站。刘涛焦急地从地铁里出来，迷茫地看着地铁的四个口，不知所措。人群把她撞击得更加迷失了。她掏出手机，翻看着与王橙宇的聊天记录，忽然，地址映入眼帘，她冲出了地铁，一路小跑，跑到了一个写字楼门口。

此时，天已黑，她的衣服被汗水浸透，脸上却挂着希望。她冲进写字楼的刹那，一个保安拦住了她："不好意思，我们这里不让送外卖。"

刘涛大喊："你才是送外卖的！"

保安说："不好意思，我们这里更不能推销产品。"

刘涛这才意识到，自己的打扮和被汗水浸透的衣服，加上满脸花掉的妆，看上去很狼狈。

她恳求保安："我想去一下四楼的一家技术公司，找一个叫王橙宇的技术员。"

保安不为所动："你打电话让他下来接你吧。"

刘涛再次拨打那个熟悉的号码，电话那边，依旧占线。刘涛十分生气地自言自语道："一天到晚就知道忙，哪有那么多电话要打！忙什么忙！"她一边继续打，一边在一楼踱步。

就在这时，电梯门开了，走出来许多人，那些人撞击着她，然后绕过她。忽然，她隐约看到了一个身材和体形都很像王橙宇的背影，她立刻挂了电话，扒开人群，冲了过去。

不远处，她看见自己朝思暮想的人拿着一束月季花，提着一个包，满面红光地走到门口。刘涛继续追过去，发现他走到一辆大红色的奥迪旁边，把脸凑到驾驶座的车窗处，轻轻地敲了敲玻璃，车窗随即被摇下来，他把花递了过去，一张脸从车里伸出，轮廓逐渐清晰，竟然是韩晓婷，刘涛一屁股坐在地上。

她万万没想到，这一切，就像是早已经被安排好一样。当一切水落石出时，她依然无法接受现实。

王橙宇麻利地上了车，车窗摇上，车门关上的一刹那，刘涛什么也看不清了。

车子启动时，刘涛赶紧爬起来，跟在后面狠狠地跑了几步，她拿起电话，依旧是永无止境的占线，她知道，自己被拉黑了。

她也知道，在韩晓婷面前，所有的努力都于事无补，因为潘多拉的魔盒已经被打开。只有希望，还封存在箱底。可惜的是，她一点儿也看不到。

在那辆行驶的车里，王橙宇对着正在开车的韩晓婷欲火难耐，他说："咱们可以开始了吗？"

说着，他把手放在了韩晓婷的腿上。

韩晓婷冷冷地说："手拿开，小心出车祸。"

王橙宇轻轻地捏了一下她的大腿，说："和你死在一起，是最幸福的事情。”

韩晓婷依旧盯着前方，没有正眼看他：“你分干净了？”

王橙宇笑着拿出手机，黑名单里躺着一个人，名单上写着“刘涛”。

他笑着说：“我现在啊，只有你。”

韩晓婷的嘴角也开始上扬，她看着前方的路，说：“今天咱们喝点儿香槟吧？”

王橙宇说：“哟，美女，笑了，真不容易啊。”

韩晓婷说：“去我家，来吗？”

王橙宇有些猥琐地说：“这是在邀请我喽？”

韩晓婷说：“不来就算了……”

王橙宇赶紧说：“来来来！”

韩晓婷继续冷冷地说：“过两天，来公司报到。”

车子继续行驶，冷艳的韩晓婷和兴奋的王橙宇进入了拥挤的三环，与此同时，刘涛蹲在写字楼门口，泪流满面。

她看着偌大的北京城，拿起了电话，却不知道打给谁。她发现除了服从韩晓婷的管理，继续面对这恶心的局，别无他法。想到这里，她哭得更狠了。

6

当你被逼入绝境的时候，你会做什么？

如果你有错在先，也曾把别人逼入绝境呢？

你要如何面对当年的受害者的报复？

夜晚，刘涛辗转反侧。她知道，这一切都是报应，一切都是因果，都是在为从前的年少无知埋单。她想起再也没见过的张蓓、张蕾，她忽然明白，自己才是至今在为那些校园暴力埋单的唯一的可怜人。

她打电话给父母，告诉他们想回家，可电话还未接通，就迅速挂断。因为她知道，如果回家，自己将再无翻身的机会。她强迫自己赶紧入睡，因为第二天还有工作。半夜两点，她忽然惊醒，梦里是儿时无知的笑声，以及韩晓婷悲伤的哭声，那哭泣的她和现在自信无比的她，判若两人。

她伤心欲绝。因为她最爱的王橙宇，现在正在韩晓婷的家中，在韩晓婷的床上。

那一晚，刘涛再次失眠。

第二天一大早，刘涛来到公司，没有去工位，而是上了五楼。她决定，既然躲不掉，就勇敢面对吧。

她在韩晓婷的办公室门口等着，希望能和韩晓婷进行一次面对面的交流，或许事情聊开了，麻烦就会少一些。可秘书在门口挡住她：“韩总昨天晚上接待贵客，今天上午不来了。”

刘涛心中恼火，那个“贵客”，不就是自己曾经的枕边人吗？

可是她忍住怒火，心生一计，问秘书：“我有十分重要的事情汇报，和公司下一步的发展规划有关，您能告诉我韩总家的地址吗？”

汪苒说：“当然不行，何况我也不知道啊。”

“那电话呢？能告诉我一下吗？”

“公司的电话簿上都有。”

“我是说私人电话！”

汪苒看着十分焦急的刘涛，害怕耽误领导工作，就问：“什么事情，能否先告诉我，我来传达。”

刘涛的声音忽然大了很多：“你觉得耽误了公司的大生意，你负得起责任吗？”

汪苒有些被吓到，以为是什么大单子，生怕耽误公司的业绩，于是拨通了韩晓婷的私人电话，电话响了两声，韩晓婷就接了，汪苒说明情况，韩晓婷似乎刚起床，小声说：“晚上七点，下班后，让她来我办公室。”

此时，韩晓婷身边，除了一只狗，一个人也没有。

王橙宇以为韩晓婷喜欢他，来到韩晓婷家本想为所欲为，激动得摔碎了韩晓婷家的酒杯，韩晓婷借此假装生气，赶走了他。在韩晓婷心里，没有爱情，只有仇恨，更何况，她根本不愿意面对这个脸上有胎记的丑男人。

韩晓婷一辈子都没有拥有爱情，因为一旦有人更进一步，想要脱去她的外衣时，她便十分痛苦。年少时的伤害，往往是一辈子的。

六点下班，七点是加班的人出去吃晚餐的时间，是公司人最少的时候，也是人脑子最清楚的时候，两个女人最能爆发出所有情感，是刘涛、韩晓婷最好的交流时机。

六点时，刘涛已经坐不住了，她看着表，每过一分钟，她都想庆祝一番。到了七点整，公关部的同事下班了，一些加班的同事也出去觅食了。刘涛不合群地对着电脑发呆。

王薇薇走到刘涛身边，小声问："一起回去？"

刘涛头也不抬地说："今天对我来说很重要，你先走。"

王薇薇无奈地摇了摇头："我晚上不回去住了啊。"

刘涛的头还是没抬："嗯。"

就这样，她熬到晚上七点，准备只身前往韩晓婷的办公室。屋里亮着灯，这是高层领导办公室里唯一亮着的灯，那光芒好像在向她宣战，又好像在等待她的解释。

她深吸了一口气，然后走进厕所，对着镜子练习开场白：

“早年的事情，都是我不对，对不起，请原谅我。”

“你到底想怎么样？弄死我你才开心吗？”

“我受不了了！我不干了！”

“原谅我不行吗？”

她练习了几遍，尝试了好几个版本，然后看了看表，终于，她决定应对所有的挑战。

她走出厕所，大步朝着那个亮着灯的办公室走去……

外面倾盆大雨，淋湿了北京的街道。人们喜欢大雨，因为大雨总能缓解北京的雾霾。在这个没有风的夜里，人们只能期待一场大雨，洗净世间的尘埃和之前的那些罪恶。多年以后，人们甚至会怀念那场雨，因为那时的世界，只有仙人掌是天地间唯一的绿色。

大雨一直下到深夜。

在北京的街头，一个淋成落汤鸡的女子，拖着沉重的步子，在雨中游荡着，脸上不知是雨还是泪。她时不时地呼喊着，时不时地擦着脸，一步步走到后海，在后海的酒吧里，点了一杯长岛冰茶。

长岛冰茶不是茶，是最烈的酒。

她的衣服湿透了，昏黄的灯光照在她的脸上，让她显得格外孤独。

一个酒保走了过来，温柔地说："姑娘，你赶紧回家吧，小心感冒了。"

刘涛叹了一口气，喝了一大口酒，说："感冒了，就算惩罚吧。"

酒保说："什么事情让你和别人过不去啊？"

刘涛说："是和自己过不去。"

说完，她喝完了杯中的酒，有些微醺，接着打了个喷嚏。

酒保倒了一杯龙舌兰，递过去："世界这么大，干吗和自己过不去呢？这杯我请。"

刘涛说："如果是别人和我过不去呢？"

酒保说："那就找他聊聊啊！聊通了，人家就跟你过得去了；聊不通，你想，负面情绪去了别人那里，你也就好了。"

"如果那人压根儿不跟你聊呢？如果那人跟你约了七点，然后还是不见你呢？"

酒保看着刘涛，浑不吝的劲儿立刻来了，说："那我还不跟他聊呢，他以为他是谁呀？"

"如果那个人……还是你领导呢？"

酒保笑了，他说："不喜欢一个人，管他是不是你领导，都让他滚蛋。我啊，当年从美国回来，爸妈就让我考了个公务员，我就是不喜欢我那个领导，后来辞职前把他骂了个狗血喷头，后两个月工资都没给我开，现在我在酒吧工作，多清闲多舒服，还能遇到各种人，开心死了。所以，姑娘，记住我一句话，不必强迫自己变成别人喜欢的人，只要自己有专长，在哪儿都能活，就永远是最棒的、最自由的。”

酒保说完，没想到刘涛回道：“那你还是个酒保。”

酒保说：“你不能歧视酒保啊！”

刘涛笑了一下，起身准备离开，她走到门口，转身问酒保：“谢谢你啊！你叫什么名字？”

酒保答：“我叫肖洋，你呢？”

刘涛抬起头，爽快地说：“我叫刘涛。”

酒保说：“很高兴认识你，还有，我不是什么酒保，我是这里的老板，也是个诗人。”

刘涛说：“我能经常来吗？”

肖洋说：“随时欢迎，下次来，记得讲你的故事。”

刘涛笑了：“感觉你很不一样。”

肖洋也笑了：“你和我认识的其他女生，也不一样。”

当天晚上，刘涛回家洗了个澡，睡得很香，她梦到肖洋好几次，因为在梦里，他的名字叫肖帅，只是肖帅张口说话时的声音，跟肖洋一模一样。

第二天，刘涛鼓足勇气，准备递交辞职报告，她想，这一切，总算要结束了。

7

人们总会以为自己足够勇敢，觉得自己会永远倔强而执着，会和这个世界的不公平斗争到底，但意外才是生活的常态，如影随形。当意外来临，人们往往会退避三舍，放弃曾经坚持的，还安慰自己，这就是成熟。

第二天早上，刘涛接到母亲的一通电话，问她离家一个月了，工作是否顺利。

她听到母亲的声音，忽然多了一些坚强，她没敢告诉母亲，她的老板就是那个她曾经施暴的同班同学，她也没法告诉母亲，自己正在遭受着职场暴力。

她只是简单地说了一句“我很好”，就匆匆挂了电话。母亲的关心给了她重新开始的动力，也似乎在告诉她：不行就回家，家是最后的港湾。

第二天，她故意迟到了，其实她并不是起晚了，而是已经下定决心要辞职。

她决定辞职后，先找找工作，如果没有合适的，就回县城老家，当一个小学语文老师。

果然，她刚到公司，就被白总叫了过去。进办公室前，她脑子里一直重复着那句话：“白总，我决定辞职。”

可是，白总见到她时，嘴角竟露出了快活的笑容，第一句话就让她跌破眼镜，他说：“恭喜啊！”

刘涛惊讶地问：“恭喜什么？”

白总答：“上面同意你转正了，你知道吗？”

刘涛吓了一跳：“什么？转正？”

白总笑了笑，拿出了一个信封，里面厚厚一沓钱。

白总说：“是啊，这是你上个月的工资，你还没有办理银行卡，所以这次先给你发现金了。我今天早上刚从财务部给你领的。”

刘涛越来越蒙，不知道发生了什么，她挠挠头，看着那个信封，仿佛忘记了自己是来辞职的。

白总递来信封，刘涛赶忙接过来，竟然脱口而出：“谢谢领导，我会好好干的。”

白总点头，刘涛出门找到一个没人的角落，立刻打开信封，里面齐整地装着八千块钱，全部是崭新的钞票。

刘涛心里盘算着：天哪，自己从小到大都没有见过这么多钱，我可以拿这些钱做些什么？韩晓婷到底是什么意思？她原谅我了，还是觉得抢了我的男朋友，内疚了？

她百思不得其解，回到工位，打开电脑。

韩晓婷在办公室，也对着电脑忙各种事务，办公桌旁边，是她离开建国中学时的合影，背景是美丽的蔷薇。

这些天，她翻阅了当时的日记，找到了当时的合影，所有的恩怨都历历在目。她记得每一次她们抓自己的头发、扇自己巴掌的样子，她记得那次厕所里的欺凌，记得那次操场上的暴力，记得蔷薇的刺，她想起了肖帅，更想起了那时的憋屈和怒火。

仇恨冲昏了她的头脑，她早就知道，刘涛一定会辞职，但自己还没玩够，准确地说，那些暴力在韩晓婷的心里已经生根发芽，不变成大树，自己是不会罢休的。于是她决定，要变本加厉地在另一个战场开花结果。

所以，韩晓婷特批刘涛转正，不是因为什么内疚，仅仅是因为她还没玩够，还觉得不过瘾。她还没有忘掉那时的憋屈，那些伤痛永远不会随着年龄的增大而减少，相反，仇恨被岁月滋养得更深。

她要全公司的人，都对刘涛实行职场暴力，让刘涛对自己当年的无知和卑鄙付出沉重的代价。

而刘涛坐在工位上，百思不得其解，正在此时，一个电话打了过来，让所有人立刻去五楼开会。

她拿着笔记本，跑到五楼，五楼的会议室里，密密麻麻的都是人，横幅上面写着任职大会，刘涛偷偷地问了问身边的同事："谁任职啊？"

那人说："今天技术部会来一位主管，你没看邮件吗？"

刘涛才想起来自己决定辞职，还没来得及看邮件。

那人继续说："据说新来的技术主管还挺年轻的。"

刘涛点点头，继续听着叽叽喳喳的议论声。慢慢地，大家的吵闹声减弱，韩晓婷和秘书走入会场，所有人像往常一样热烈鼓掌。这些年，韩晓婷的公司有一项约定俗成的规定，就是在她开会前，所有人必须保持仪式感，一旦她到了，大家鼓掌后，就绝不允许再讲话，这项规定，一直持续到现在。

韩晓婷试了试麦克风，说："各位早上好，为了公司的发展，为了适应网络宣传与互联网思路的广告策划，我们决定高度重视并拓展互联网业务，为此花重金从别的公司挖来了一位高管，担任我们的技术部副总监，配合总监刘欣欣的工作。"

全场鸦雀无声，等待着宣布人选。

韩晓婷指着门外，说："大家欢迎，王橙宇。"

全场响起掌声，王橙宇西装革履，亮相于众。他温柔地看了一眼韩晓婷，又轻蔑地看了一眼台下的刘涛，面对同事的欢迎，他特别兴奋。

韩晓婷继续说："感谢王总的加盟，这里也对王总说一句，在'亭亭玉立'，荣誉和责任是共存的。既然决定进军互联网，就要全力以赴地做好我们的产品，和互联网接轨，争取有一天，成为全世界最大的互联网广告平台。"

台下的刘涛望着王橙宇，心情久久不能平静。

技术部副总没有实职，主要负责对接各大部门的技术问题，韩晓婷之所以让王橙宇来，不是看中了他的才华，相反，她知道他没有什么才华，这一切，只是为了报复刘涛。

可是，王橙宇难道不知道吗？

8

有人对爱因斯坦的相对论做过如下解读：当一个人度过快乐的时光时，乐在其中根本无法察觉时间的流逝；如果身边的人事都不顺心，人往往会觉得时间漫长，度日如年。

现在，刘涛显然属于后者。从前在公司只有一个死对头，现在竟然变成两个。

三个人有着微妙的联系，刘涛正处在食物链的底端，除了愤怒和不安，只能任人割宰。

她更不清楚的是，一个技术员，能力不行，专长一般，哪来的资格跑到这家公司当技术副总监呢？

她越想越奇怪，越想越憋屈，想视而不见，当他不存在，但可怕的是，技术部和公关部同在二楼，并且紧挨着，除非技术部副总监办公室的门关着，要不然低头不见抬头见，相遇是必然。

王橙宇也清楚，自己能坐上这个位置，完全是因为韩晓婷。技术部的总监叫刘欣欣，是一个名字很像女生的男生。他性格古怪，还有些怪癖。他能力出众，十分瞧不起王橙宇靠关系上位。

所以，王橙宇必须做一些事情让韩晓婷满意，让公司满意。他时刻准备着为公司效力，准确地说，是为韩晓婷效力。

刘涛很想冲到王橙宇的办公室，拍着他的桌子，质问他到底发生了什么。可是她不仅工作量大，而且在公司饱受争议，在那种环境下，她度日如年，完全没有张口的机会。

她坐在电脑旁，像往常一样盯着电脑修改下次活动的策划案。忽然间，一个人来到她的面前，对方身上的男士香水味她很熟悉。抬起头，看到王橙宇站在她面前，他敲了敲她的桌子，耀武扬威地说："你进来一下。"

刘涛感到莫名其妙，但依旧起身进了他的办公室。

其他的同事也好奇地看着那边。

刘涛准备关上门，王橙宇却说："不用，开着就好。"

刘涛有些惊讶，因为王橙宇的话竟跟韩晓婷的如出一辙。

王橙宇说："东城区的那个项目是你在负责吧？"

刘涛点点头："是的。"

王橙宇严肃地说："我现在需要所有的文件和资料，刘总要录入到公司的网站。"

刘涛有些不习惯，毕竟站在她面前的，曾经是她最亲近的人，不，也是她曾经以为能牵手走过一辈子的人。现在他说话的风格既熟悉又陌生。刘涛硬着头皮，专业地说："我尽快给你整理出来。"

王橙宇问："尽快是多久？"

刘涛说："明晚前。"

王橙宇拍了一下桌子，声音故意放大不少："你们公关部都是这么做事的吗？"

刘涛看了一眼外面的白总，有些生气："我们怎么做事了？"

门口公关部的同事也注意到里面的动静，大家交头接耳："什么我们公关部，就她刘涛是这么做事的。"

王橙宇站了起来，声音又故意放大不少，似乎想让所有人听到："一个小时后全部交给我，赶紧去做，我们部门已经整装待发了。”

他说完，期待地看了看门外，刘涛随着他的目光看去，发现了不远处的韩晓婷。

刘涛忍住怒火，出了门，不远处，在角落的韩晓婷点着一根细长的烟，将所有的事情尽收眼底。

刘涛明白，这一切又是她安排的局，王橙宇的所作所为，都是给韩晓婷看的。

那天，韩晓婷在车里，认真地对王橙宇说：“既然你和她分了，就来我们公司吧，我给你一个职位，比原来的工作肯定要好，而且，工资待遇都加倍。”

王橙宇像是中了奖一样兴奋，一把搂住韩晓婷：“你让我做什么都行。”

车使劲晃了一下，差点撞到了前面的车，韩晓婷大喊：“你有病吗？”

王橙宇说：“有点激动，不好意思。”

韩晓婷说：“你知道来公司需要做什么吗？”

王橙宇说：“做你让我做的事情。”

韩晓婷满意地点点头。

王橙宇进公司前，韩晓婷心里已经盘算好了，她必须把刘涛逼到极限，让自己的愤怒得到释放。刘涛年轻时犯的所有错，如果得不到惩罚，就以暴制暴吧。

她喜欢的作家，名字叫张峰，那个曾经帮助过自己的人，写过一篇文章——《以暴制暴是最好的方式》。

王橙宇知道自己被韩晓婷监视，进了这家公司，看似是副总，却被上面那个叫刘欣欣的技术变态压着。他所有的表现，不仅是为了公司，为了自己的威信，更是为了对韩晓婷表忠心，让自己能尽快进入角色。

至于刘涛，她不过是一块石头，踩着她，正好能爬得更高。

一个小时后，他再次叫来刘涛，门依旧开着，声音顺着风，传递到整层办公室。韩晓婷一下午都坐在不远处的一个工位上写着上市报告，顺便等待王橙宇的爆发。

刘涛刚进门，王橙宇就怒了："怎么？还没弄完吗？我们都等着呢！"

刘涛说："已经在赶了。"

"说好了一个小时，现在已经过去一个小时十分钟了！时间观念呢？"

王橙宇装作一副惜时如金的模样，刘涛心里暗暗骂道："你当年约会的时候从来不准时，还提什么时间观念？"

刘涛没说话，咬了咬牙。

王橙宇步步紧逼："你告诉我，什么时候才能弄完？"

刘涛说："最快今天晚上……"

"不行，来不及，你找几个人帮你不行吗？"

这句话戳到了刘涛的痛点，在这个弱肉强食的公司里，谁愿意去帮助一个得罪了领导的人呢？

刘涛继续沉默。

王橙宇以为她没听见，声音又提高了一些："不行吗？"

刘涛想起刚认识王橙宇时，他低三下四，卑躬屈膝，追求她时一副尿人模样。忽然，她的思维定格在王橙宇谄媚地送韩晓婷月季花的时刻，顿时火冒三丈，脾气也失控了，发作起来："王橙宇，你还好意思教导我？你有什么资格，跟我这么说话？你不知道你是什么东西吗？"

王橙宇有些惊讶，因为他没想到刘涛会公私不分，更没想到刘涛会反击。

他刚准备接话，刘涛继续喊："你说我不行，你呢？你怎么进来的，别人不知道吗？"

王橙宇也震惊了，小声地说："刘涛，你是不是疯了？我在跟你谈工作！"

刘涛说："谈什么工作，你在这里谈恋爱！"

刘涛声音很大，大到几乎所有人都听到了她说的话。

刘涛走近几步，几乎把脸贴到王橙宇的脸，鼻孔里喘着粗气："我不干了，你们自己演吧。"

说完，她把门重重地关上，走出了办公楼。

她一个人，去了肖洋的酒吧，喝了一夜的酒。

她告诉肖洋，原来所有的酒精，都是甜的。

9

接下来的日子，刘涛白天睡觉，晚上去肖洋的酒吧。

颠倒的作息让王薇薇也离开了她，肖洋成了她唯一能聊天的人，她什么都跟肖洋讲，除了儿时自己作的恶。

在肖洋的酒吧里，刘涛不是跟他喝酒，就是陪他作诗，她忽然发现，在和肖洋沟通之后，自己竟能写出这么美的诗篇。

她沉迷于此，决定再也不去公司了。

韩晓婷的办公室里，放满了各种花，因为今天是她的生日，同事们投其所好，送了各种各样的花，香味弥漫在整个楼层。

对韩晓婷而言，这一天不仅是她的生日，更是公司 C 轮融资后的第一天。按照这个节奏，公司很快就会在 A 股上市，成为广告界的一个标杆。

可是韩晓婷并不开心，融资后的所有资料，她都必须亲自审核，忙得一塌糊涂，身心俱疲，甚至忘记了刘涛的存在。

几个主管不停地被她叫来开会，在这个节骨眼上，她不允许任何人和任何部门掉链子。

当天下午，刘欣欣趿着拖鞋来到她的办公室，韩晓婷已经习惯了这个技术鬼才不修边幅的样子。

韩晓婷还没开口，刘欣欣就说："韩总，你能不能跟那个新来的王橙宇说一下，技术方面希望他别插手，不懂就别装懂。"

韩晓婷没问什么事情，就马上站队，说："欣欣，这是你的部门，全部听你的，需要的话，我给他写个邮件。"

刘欣欣有些愤怒地说："他的技术不行，差到极致！"

韩晓婷说："我知道了，会处理的。"

刘欣欣还有话想说，但最终转身离开了。

傍晚，王橙宇走进韩晓婷的办公室，手上依旧拿着月季花。他进门的时候，韩晓婷正在全神贯注地看着微博，丝毫没有察觉王橙宇已经绕到了她身后。他说着不变的开场白："最美的月季永远送给最美的女王。"

韩晓婷吓了一跳，示意他入座，然后继续看着电脑，没说话。

王橙宇有些尴尬："看什么呢？"

韩晓婷说："张峰。"

"你一直关注的那个时事评论家？"

“他是个作家。”

王橙宇笑笑：“在网上随便写点儿东西，都成作家了？”

韩晓婷抬头看了一眼王橙宇，说：“你能不能闭嘴？”

王橙宇还是笑容满满的，但是有些尴尬地说：“看来你也追偶像，还不追小鲜肉，追知识分子啊。”

韩晓婷没说话，一直盯着电脑。这些年，看张峰的微博成了她每天都干的事情。他的粉丝越来越多，虽然他的评论自己也不是每条都赞同，却永远记得，因为他，自己才能活到今天。她时常给张峰打赏，也在他难过的时候，偷偷给他汇过钱，但后来再未见过他。因为她很清楚，光从远处看，才有意义。

她陷入了沉思，甚至忘记了一旁的王橙宇。

王橙宇想打破沉默，转而谈论工作：“她已经一个星期没来上班了。”

韩晓婷清楚他说的是刘涛，这个看似私人，其实是工作的话题。

她从张峰的文字中走出来，关闭了页面，看着他，慢慢地说：“你心疼了，还是想念了？”

王橙宇赶紧说：“说什么呢，我心里只有你，生日快乐，我的宝贝。”

韩晓婷没笑：“谢谢，她为什么不来？”

“她觉得我们在为难她，可我……只是公事公办。”

韩晓婷说：“看来你还喜欢她？”

“怎么可能！我只喜欢你啊，晓婷。”

韩晓婷有些被俘获，她说：“你做得很好，我很开心。”

说着，她走到王橙宇跟前，王橙宇想顺势一把搂住她的腰。

韩晓婷推了一下他，马上严肃起来：“还有，技术方面你就别插手了，交给刘欣欣就好。”

听到他的名字，王橙宇也严肃了起来，问：“他来找你了？”

韩晓婷说：“这不是你应该过问的。”

王橙宇说：“他有什么了不起的！他在技术语言上面出过问题，都是错的！”

“王橙宇，我说了，不允许你再过问技术方面的事情。”

“那你让我来干吗？”

韩晓婷一字一顿地说：“你不知道吗？”

王橙宇怎么会不知道，他只是不愿意承认而已。

“你不相信我的技术吗？”王橙宇问。

韩晓婷说：“你对我的表态，让我很开心。”

王橙宇说：“我的技术没问题，对于你，我还会继续表态，直到你满意为止，直到让刘涛离开这家公司为止！”

韩晓婷忽然有些紧张地说：“我可不能让她走，她走了，就不好玩了呢。”

“晓婷，你和她到底有什么过节啊？”

“有些过节，是说不出来的。”

王橙宇识趣，不再追问。女人的心和城府，哪个男人能理解呢？何况，又是两个为了争夺自己的女人。

他说：“好，我不过问了，所有事情，我都不过问了。”

韩晓婷点点头：“还有事情吗？”

“没了。”说完，王橙宇走出门。

他心想：你等着，我一定会让你知道，谁才是真正的技术大神。

那一周，刘涛哪里都没去，一直待在后海肖洋的酒吧里，和肖洋聊天。

当一个人陷入绝望时，总想去抓一根救命稻草，希望把所有的故事都吐给他听，从而得到一丝慰藉。

不过身边人给不了的，陌生人又岂能给予呢？只不过是因为彼此陌生，能无所顾忌地交流，这才是陌生人的魅力所在。肖洋就是刘涛身边的陌生人，这一周，他让刘涛忘记了现实，走进了梦境。

人在最寂寞难受的时候，总希望有一个人在他身边。时间长了，刘涛也舒服了很多。

刘涛曾经问过肖洋他有什么梦想，他说：“我只爱好酒、好诗和好姑娘。”

刘涛傻傻地问：“好姑娘……那我是吗？”

肖洋在昏暗的灯光下，看着楚楚动人的刘涛：“你是我见过的最好的姑娘。”

肖洋的这段情话，放在任何姑娘身上，都会被感动、被融化，却让刘涛大哭起来。她一边哭一边说：“如果……这个姑娘之前做过伤天害理的事情呢？如果这个姑娘后来内疚了呢？”

肖洋不知道怎么接话，只是把手放在她的肩膀上，许久，他说：“要么就逃避，要么就面对。”

这句话给了刘涛很大的鼓励，她明白了，既然无法面对，就逃避吧，可是就算逃避，也要选择主动的逃避方式。

肖洋继续说：“其实还有第三条路。”

刘涛问：“什么？”

肖洋说：“我和你一起面对。”

刘涛笑了笑：“不用，有些路，我只能自己走。”

她明白，有些事情，是要烂在肚子里的。

刘涛继续说：“肖老板，你是不是对谁都这么好啊？”

没想到肖洋说：“男人清洗为暖，混洗为渣。我只为你暖。”

刘涛笑得更开心了，她起身离开，说：“就你嘴甜。”

一周后，刘涛回到公司，她的工位上依旧堆积着许多杂物，自己的东西没有人动，一切都没有变。唯一变化的，只有大家看她的眼光，仿佛在说：“你怎么还来？”

王薇薇再次看到刘涛时也十分震惊，她是唯一走过去和刘涛说话的人：“刘涛，白总让你回来后去找一下他。”

刘涛点点头，走进了白总的办公室。

白总看见刘涛，生气地问：“你这一周干吗去了？”

刘涛不卑不亢，说：“我今天是来辞职的。”

说完，她从口袋里拿出一封辞职信，说：“邮件我早上也发了，今天是来办理离职手续的。”

气氛有些尴尬，白总原本只想批评一下她而已，还没发作，就发现刘涛不再是自己人了。不过他毕竟有多年的职场经验，赶紧说：“好吧，既然如此，那就走程序吧，祝你前程似锦。”

刘涛点点头，说了声“谢谢”，拿着盖了章的资料去财务部。

财务部的小姑娘办理好工资停发手续，对刘涛说：“最后就麻烦您去找韩总签个字，然后把户口和档案转移了吧。”

刘涛问：“这个一定要找韩总签字吗？”

小姑娘点点头，说：“是的，户口和档案是大事，这是公司规定。”

刘涛想，人之将走，谁也不怕了，去做个了断吧。

刘涛出了财务部的门，却在门口刚好撞上王橙宇，刘涛狠狠地竖了一个中指，然后说："渣男，永别了。"

王橙宇笑了笑，说："不，还会再见的。"

说完，王橙宇头也不回地离开了。

10

据说每个人进迷宫前，都认为自己可以顺利出来，大多数人在想，我原路返回还不行吗？

可是，随着逐渐深入，游戏逐渐升级，最终你会发现，有些迷宫，不仅找不到终点，而且无法退回起点。人就困在这个僵局里，动弹不得。

刘涛在韩晓婷办公室门口停下脚步，但很快，她调整呼吸，挺起胸膛，没有敲门，径直走了进去。

韩晓婷的办公室里坐着两位合作方代表，他们的年纪都很大，却依旧十分尊重面前这位年轻的 CEO。韩晓婷做了个手势，然后跟刘涛说："你稍等，我谈完跟你说。"

刘涛识大体，退到了门外。她在门外踱步，这一等，自己所有的紧张情绪竟再次被激起。

半小时后，合作方代表离开，刘涛走进办公室，手里拿着一张表格。她心想：这回终于只有我和你了，咱们终于可以敞开天窗说亮话。

韩晓婷请她入座，刘涛刚准备说话，门被打开，两个人走进办公室，刘涛定睛一看，竟然是之前的室友王薇薇和白总，他们手上都拿着一沓材料。

刘涛不知道发生了什么，但从王薇薇的眼神里，她看到了一些期待，这些期待，显然对刘涛不利。

韩晓婷说："刘涛，你擅自离岗一周，我们经过讨论，决定扣除你下个月的全部奖金，工资也扣去一半，希望你能理解。"

刘涛刚想发作，转念一想，自己本来就准备辞职，扣除这些钱无伤大雅，可以妥协。

于是，刘涛点点头，说："我接受。"

韩晓婷继续说："另外，我请王薇薇协助你，让你将功补过，负责下一个重要项目。"

刘涛有些愤怒："什么下个项目？我是来辞职的！"

韩晓婷微微一笑："辞职？我不批准。"

刘涛向前走了两步，说："怎么，我卖身给你了？你说不批准就不批准？"

韩晓婷很冷静地说："还真是，你看合同了吗？"

刘涛转身看了一眼王薇薇，她点点头，递过来一份合同。

刘涛惊悚地看着合同，迅速翻阅着条款，的确，上面写着：合约三年，如果员工提出辞职，必须提前一个月告知，并赔偿公司所有的损失。

刘涛说："好，那我今天提出，不行我就再干一个月，受一个月的气！"

韩晓婷也笑笑说："当然可以，可是，接下来的这个项目很重要，我只交给你做，你要走也可以，这个项目背后三千万元的损失，也由你来负责吧。"

刘涛咬了咬牙，刚准备发作，心想大不了什么都不要了，就不赔偿能奈我何？可她转念一想，户口和档案全部在韩晓婷手里。她进入迷宫，进出两难，这个死局，就是韩晓婷为她精心布置的，每一个细节，都被设计得无懈可击。这一切，仅仅是为了两个字：复仇。

刘涛咬了咬嘴唇，竟然跪在地上，乞求道："晓婷，从前是我不对，我道歉，对不起，你原谅我好吗？"

王薇薇和白总都吓了一跳，白总立刻出来打圆场："刘涛，没事，谁都有青春冲动的时候，以后好好干就好了。"

韩晓婷看了一眼刘涛，说："青春冲动谁都有，但该负责的，就要负责到底。"

刘涛知道他们说的是两件事，但百口莫辩，也不愿让更多人知道当年的校园暴力事件，毕竟那是一件不光彩的事情。于是，她站起来，从牙缝里蹦出几个字：“你到底想让我怎样？”

韩晓婷走过去，说：“公司需要听话的人。”

这几个字充满力量，如雷贯耳。刘涛忽然想起十年前，韩晓婷问张蕾类似的问题，张蕾也这么说：“听话，其他都好说。”

可是，什么叫“听话”？什么叫“其他都好说”？

刘涛刚准备接话，白总配合道：“听话吧，听领导的话，总没错。”

王薇薇拉了一下刘涛，说：“我们先走了，一定完成任务。”

韩晓婷满意地点点头，此时，汪苒带着刘欣欣走进办公室，身后跟着王橙宇。王橙宇看到灰头土脸的刘涛，轻蔑地笑了笑，接着转向韩晓婷。

汪苒拿着一沓厚厚的资料，兴奋地说：“韩总，今年的流量、现金数据全部出来了，不出意外，明年就能上市了。”

韩晓婷终于长舒了一口气，这是她等了一下午的数据。

刘涛忽然明白，韩晓婷这段时间这么忙，可还是在用空闲时间跟她做游戏，可见，自己对她有多重要。

白总在一旁附和道：“是啊，这是个好消息，这可是国内第一家要上市的广告公司啊，可喜可贺！”

王薇薇也开心地笑了起来。

整个办公室里欢声笑语，韩晓婷没笑，只默默地点了点头。

而刘涛站在角落里，低着头，仿佛这一切都与她无关。

韩晓婷办公室里的月季花，开得格外迷人。

11

这些年韩晓婷走得很不容易，二十多岁，眼看就能拥有一个上市公司了。

她的脸色永远是冷的，心也永远是冰的，她逐渐忘记了怎么哭，也深知哭是无用的。

她只是想，永远不能再让别人把自己踩到脚下。

创业五年，韩晓婷以过人的天赋和不怕吃苦的品质得到了投资人的青睐，连续进行了三轮大规模融资之后，公司变成了优质资产。现在，只要上市就可以让全部股东实现财务自由，让他们觉得自己的努力没有白费，这一切都显得自然而然。

在韩晓婷的客厅里，摆着母亲的照片，那是母亲为数不多的照片之一，象征着思念，警醒自己勿忘初心。

这些天，韩晓婷非常忙碌，除了准备材料，还要接受许多采访，微博、微信上都是那篇热搜文章——《二十多岁的女生身家将过亿》，而她正是那个主人公。

刘涛的辞职以失败告终。她对韩晓婷的感情是极其复杂的，有时，她甚至会觉得韩晓婷是神灵，来惩罚自己的神灵；有时，她会觉得韩晓婷是魔鬼，是自己制造出来的那个可怕的恶魔。

她也时常在网上看到媒体对韩晓婷的采访。

有时，刘涛也会看到其他校园暴力的视频，那些残忍施暴的孩子一拳拳打在那些可怜孩子的身上，她也会被深深震撼。

这些年，她长大了，看到那些施暴者时，却怎么也不敢想象，那就是曾经的自己。

人总会长大，也善于遗忘。

之后，刘涛和王薇薇一起负责了一个项目，给一家自媒体写文章标题，那家自媒体旗下有几十个微信大号，每个都拥有百万粉丝。

那段日子，审查严格，大量的公众号被封，写作者有些收敛，内容不敢太“有趣”，读者也越来越不愿意打开微信里面的文章。

于是，这家公司请了最好的广告公司帮忙给文章取名。

在自媒体界，有一句流行的名言：好的标题，是十万加的一半。

刘涛和王薇薇第一次走进那个写字楼时，就震惊了，因为她们没想到，一家不起眼的自媒体公司，竟然也这么气派。那家公司的领导很亲和，喝着咖啡亲自和她们对谈。她是个女胖子，也是当年最有影响力的网红，照片和真人却完全不一样。她其貌不扬，但一开口，总能释放大量的信息，让所有人都喜欢。她就是当年最红的电台主播小六。

粉丝叫她小六，但她的年龄却比大多数的粉丝都要大，这就是网络，永远和现实存在出入。

小六见到刘涛和王薇薇，像是见到了救星，这些天因为标题总影响用户打开率，广告商也不投钱了，她头疼地对刘涛和王薇薇说："你们来了，我可就放心了。"

刘涛也坐了下来，说："六总，您客气了。"

小六喝了一口杯中的咖啡，说："最近微信文章打开率实在是不高，所以才高价请二位来解围。"

王薇薇说："韩总吩咐过了，我们一定尽力。"

小六拿出一篇文章，大概写的是情感类的内容，她说："这是今天要发的文章，你们看看怎么起名字。"

王薇薇和刘涛拿起文章，看了一分钟，王薇薇开了口，说：

“六条真理，让你明白什么是渣男。”

小六说：“很吸引人，但攻击性太强，有点儿不符合我们的格调。”

刘涛想了想，在纸上写了一段话：“干货六条 | 男人如水，清洗为暖，混洗为渣。”

她胆怯地拿给小六看，没想到，小六忽然拍起手来：“好一个清洗为暖，混洗为渣。”

刘涛笑笑，因为这话并不是她说的，而是肖洋说的。

小六又拿了一篇文章给她，文章内容讲的是养生，王薇薇看完脱口而出：“多数人都不知道的养生秘诀。”

小六说：“果然是文案高手，可惜太大众，不够特别。”

刘涛琢磨了一下，动笔写出：“吃出好身材，吃出长寿命。”

小六再次微笑，说：“有对照，有正能量，够简单。好！”

接着小六又拿出一篇文章，这次是一篇关于赚钱的理财文章，王薇薇逐字读完说：“你与财富自由只差这一篇文章。”

刘涛也脱口而出：“度过生存期，才能谈自由。”

这一下，小六彻底服了，她站起身，鼓起了掌。

刘涛也没想到，自己竟然对取文章名字这么有天赋，或许是肖洋给她的灵感，又或者是自己本来就有天赋。倒是王薇薇，每个点子都没有被采用，只是默默地待在一边，很是无奈。

小六十分开心，如获至宝："您叫刘涛是吗？"

刘涛点点头。

小六说："您的才华实在是让我折服，我一定会跟韩总汇报的，谢谢您的加盟。"

刘涛连忙说："您就别和韩总说了，士为知己者死，我一定好好帮您取出好标题。"

刘涛自己也吓了一跳，自己居然能说出这么文绉绉的话，她也没想到自己说了这么多，可能来到北京，一直没机会表现自己吧。

王薇薇在一旁有些尴尬，但还是问了小六："那您这边具体需要我们做什么对接呢？"

小六说："需要的可多了，咱们先去贵宾室喝点茶，边喝边聊。"

王薇薇拿着资料，陪在身后，而刘涛已经看准机会，此时，正是她逃离魔掌最好的时机。

此时的韩晓婷，正在办公室开会，公司全员聊着上市计划，许多项目也在如火如荼地进行。上市前，她每天加班到深夜，之所以让刘涛先去小六的公司帮忙，是因为她不想让仇恨冲昏大脑。她要等公司全部安定下来，再去解决自己的恩怨。但她也不想让刘涛逃脱，于是出此下策，外派她去小六那里帮忙。

可是，当她见不到刘涛时，也就不“爱”王橙宇了，又或者，她从来没有爱过他。毕竟王橙宇只是个没什么能力的替罪羊，他的出现，是为了报韩晓婷年轻时的一箭之仇。

她架空了王橙宇所有的实权，全部交给刘欣欣，表面上说王橙宇的技术能力一般，其实是在表达自己对王橙宇毫无兴趣。

可王橙宇不这么认为，他约韩晓婷下班后去他家好几次，都被拒绝了。他觉得韩晓婷冷落自己，是因为自己不够主动，于是，他一而再，再而三地等韩晓婷下班，却连连被拒。在韩晓婷眼中，只有工作和上市。

他也听到了公司里的冷言冷语，人们都说他的业务能力差，技术不过关，比刘欣欣差很多，这些话可算是戳中了他的软肋。当年他从小县城里出来，除了一腔热血什么都没有。小县城里没有好老师，没有好的教育资源。也就是那时，他认识了刘涛，刘涛欣赏他，喜欢他总是充满斗志，于是花光自己的积蓄，在大三那年帮他买了第一台电脑。

每次想到这里，王橙宇都觉得对不起刘涛，毕竟一无所有时，是她陪伴着自己。韩晓婷对他越冷淡，他就越想见一见刘涛。

小六的公司很清闲，也适合刘涛待着，修身养性。刘涛每天帮小六头脑风暴，巧了，她起的名字，都大大提高了点击率。刘涛开始明白自己在这方面确实有天赋。

她白天跟着小六学习网文写作，晚上去肖洋的酒吧跟他学写诗，就这样，她的文字水平也有了显著的提高。

有一天，她下了班，和小六说了再见，准备去肖洋的酒吧赴约——那已经是她生活的全部了。

在公司楼下，有个人拿着一束花，西装革履，站在大厅里。刘涛远远就认出是王橙宇，她视而不见，王橙宇却走上前一把拉住了她，说："别赌气了，今天晚上，一起吃个饭？"

刘涛推了他一把，转身就走，没说一句话。

王橙宇在后面大喊："你不想知道，都发生了什么吗？"

他的手上，是一束美丽的月季花。

刘涛停住了，虽然早已不爱这个男人，但她想知道究竟发生了什么。毕竟，自己在明处，对方在暗处，信息不均衡就很难获胜。倘若王橙宇能给自己提供一些逃离的信息和方式，不也是一件好事吗？她忍住了想骂人的冲动，转身走到王橙宇面前，微笑着说："好啊，我给你个机会。"

王橙宇递过去一束月季花，刘涛接了过来，月季花的刺扎疼了她，王橙宇立刻用手捂住她的手，凑到嘴巴边上吹，刘涛想缩手，却被强大的力量控制着，任凭他把嘴巴贴在了自己的手上。

而这一切，被不远处的王薇薇看到，并且拍到了一张关键的照片。这张照片不久后成了韩晓婷大发雷霆的由头，也成了几十年后的那场网络暴力的导火索。

12

王薇薇是刘涛在公司唯一的朋友，也是一个没有心眼的人，公司让她跟刘涛合作，她就来了。尽管她知道，自己根本没有什么创新意识和能力，只有一些教条式的本领。

可是她来到小六的公司后才发现，在公司被大家都瞧不起的刘涛，竟在这里如鱼得水。人在封闭的环境里，总以为别人是少数，直到走出围墙，才发现每个人都是少数。

令王薇薇不爽的是，受重用的刘涛完全不顾及自己的感受，只忙于出风头，自己却像一只被忽视的小蚂蚁。

人都是这样，本来很开心的，若要和别人比较，就会变得沮丧。这世界上很多的难过、沮丧，都源于比较。

王薇薇去小六公司的第二天，汪苒就给她发了一条微信，让她随时报告刘涛的行踪，韩总对此十分重视。王薇薇本来不想说什么闲话，但刘涛的表现和忽视令她愤怒，她甚至以为韩晓婷也下达了同样的命令给刘涛。所以，她就持续不断地发邮件给汪苒，汪苒挑选重要的信息，汇报给韩晓婷。

尽管韩晓婷最近十分忙碌，但也偶尔回复，毕竟成功和仇恨是她人生中的两大主题。

当王薇薇把王橙宇亲吻刘涛的手的照片发给韩晓婷时，她根本不知道接下来会发生什么，也不明白，多米诺骨牌会压倒什么，她只说了一句话："这算是她平时的行踪吗？"

汪苒刚看到这张照片时，以为只是办公室恋情。

她问韩晓婷："咱们公司允许办公室恋情吗？"

韩晓婷头也没抬地说："没有硬性规定。"

汪苒看着忙碌的韩晓婷，担心这种无聊的事情会影响到她，说了句"好的"，就点头出去了。

没想到这时，韩晓婷多嘴问了句："谁啊？"

汪苒笑着说："技术部的王橙宇和公关部的刘涛。"

韩晓婷的笔忽然停在半空，她抬头说："你怎么知道？"

汪苒这才把照片递给韩晓婷。

韩晓婷拿到这张照片，一言不发，让汪苒先去忙，自己立刻打电话给王橙宇。

王橙宇没有接电话，他和刘涛正在一家西餐厅里投入地聊天。

在北京的这些年，王橙宇眼里除了钱什么也不认识，他和韩晓婷有着相同的逻辑：只要能让自己的生活变好，可以不惜一切代价。

只不过不同的是，韩晓婷靠自己，王橙宇靠别人。

刘涛一言不发，等他说话。

王橙宇举起红酒杯，先开了口："别生气了，都应该成熟一点儿了。"

刘涛说："成熟？你那叫恶心。"

王橙宇说："还生气呢？"

刘涛说："我从不为畜生生气。"

王橙宇放下酒杯："好吧，吃点东西吧。"

刘涛看着一桌菜，不禁感叹着："不错啊，王橙宇，有钱了。你也没想到能有今天吧？"

这句话点燃了王橙宇的怒火，他说："刘涛，过去的事就让它过去吧。"

刘涛说："我们有什么过去？"

王橙宇叹了口气，说："行了，你想知道发生了什么吗？"

刘涛说："我的人被别人抢走了，不过也好，那人本来也不是东西。"

王橙宇笑了笑："都会讲段子了？"

刘涛催促：“快说吧。”

王橙宇拿起酒杯，说：“刘涛，我今天来就是提醒你一件事，韩晓婷肯定是在针对你，她把我弄过来，也是因为你，我只能说这么多。”

刘涛有些不耐烦：“你能说点我不知道的吗？如果不能，就别耽误我的时间了。”

王橙宇说：“好，我告诉你，我知道韩晓婷接近我，就是为了刺激你，而且我也知道你被刺激得很深，但你不要怪我，因为我们每个人都有追求更好生活的权利。我现在升上来了，你别骂我没心肝，如果可以，我还会对你好的，后面公司的很多事情，我都会帮你解决。”

刘涛说：“你要想帮我，就帮我把户口和档案拿出来，让我赶紧离开这家破公司和你们这对狗男女。”

王橙宇说：“那可不行，我还真有点舍不得你走。要不晚上，你来我家，我跟你从长计议。”

刘涛起身说：“王橙宇，你真浪费我的时间。”

说完，刘涛离开了那家餐厅。

走前，她对王橙宇说：“你懂什么是爱情吗？”

不等王橙宇回答，便转身消失在人海中。

在刘涛眼中，王橙宇就是个跳梁小丑；在韩晓婷眼中，王橙宇不仅是个跳梁小丑，还是一个为了更好的生活能出卖一切的人。

王橙宇坐在座位上，想起刘涛的话，陷入了迷茫。

刘涛和韩晓婷一样，本来是两个再普通不过的女孩，却因暴力被扭曲、被伤害。

刘涛走后，王橙宇看到手机上有几个未接来电。

王橙宇一看是韩晓婷，心里一惊，赶紧打了回去，韩晓婷接通电话，控制住自己的脾气，问："你在干吗？"

王橙宇立刻变换一副嘴脸，强颜欢笑："在想你呢。"

韩晓婷说："来陪我吃夜宵，现在。"

王橙宇赶紧回："好啊。"

韩晓婷故意为难他："给你十分钟，赶不到就别来了。"

王橙宇看着一桌没吃的菜，说："要不，你来我这里吧，我现在就点菜。"

韩晓婷不由分说地挂了电话。

王橙宇害怕韩晓婷，毕竟身家性命都在她手里。于是匆忙埋单，立刻赶往公司楼下。可惜，拥堵的北京让他到达时早已超过了十分钟的期限。

他迟到了，慌慌张张地跑进公司的大堂，迎面遇到刚下班的韩晓婷，赶紧讨好道："晓婷，我没迟到吧？"

韩晓婷说："王橙宇，公司马上上市，我不想后院起火。"

王橙宇笑了笑："什么意思啊，晓婷？"

韩晓婷说："今天我不想吃饭，也吃不下去。"

王橙宇说："那我陪你回家。"

韩晓婷说："不用了。明天你也回家休息吧，别来了。"

王橙宇大惊失色，问："为什么？我做错什么了？"

韩晓婷没说话，走出办公楼，她边走边说："你的办公桌上放着你这个月的业绩，以及你为公司做的事情，你回去看看吧。"

说完，她消失在王橙宇面前。

王橙宇重回办公室，在他的桌子上，放着一沓厚厚的文件，文件下面放着一张他亲刘涛手背的照片。照片背面，韩晓婷写了一句话："我当作什么都没看见，但你记住，这是最后一次。"

汗水湿透了王橙宇的脊背，他握了握拳，掐了掐太阳穴，接着掏出手机，打了几通电话，对方关机。

接着，他编了一条信息，发给韩晓婷，短信上写着："对不起，永远不会有下次。"

13

年轻的王橙宇根本不知道什么是爱，当他知道时，早已白了少年头，这也为五十年后的那场网络暴力埋下了伏笔。只是当时的他并不知道，这有多么荒唐，多么令他后悔。

伤害会放大痛苦，怨恨会堆积成更大的仇恨。

可是，我们谁也没有资格让曾经受伤的人学会爱上仇人，逼他们选择遗忘。

韩晓婷是个很有爱心的人，家里养了许多流浪猫，它们有的被遗弃，有的受了伤，她细心地呵护着它们，可是她为什么不能放过一个人呢？

这也是韩晓婷一直在问自己的问题。

刘涛去小六那里帮忙后，和小六成了好朋友。小六很喜欢刘涛，也非常欣赏她的才华。她喜欢刘涛对文字的把握能力和敏感度，经常开玩笑地对刘涛说：“要不你以后来我们公司上班吧？”

刘涛也半开玩笑地说：“好啊。”

其实，她心里的想法确实如此。

小六的新项目是将爱情故事制作成线下课程，告诉大家如何走出失恋的阴影。小六团队和刘涛开了好几次会，发了很多次稿子，效果都不好，小六曾经说：“如果谁能想出一个靠谱的商业模式，奖十万现金。”

在互联网上扎根的年轻人，往往不太能理解线下的商业模式，更不了解感情这玩意儿其实非常复杂。有时候，你在网上和一个人聊一天，也不如一个拥抱来得实在，在电话里说再多的话，也不如面对面干一杯酒来得彻底。

这就是异地恋往往会被打垮的原因。

他们发愁地坐在办公室里，忽然肖洋给刘涛发了一条信息：晚上来吃小龙虾?

刘涛刚准备回复，忽然想到酒吧不就是故事最好的发源地吗?

她对小六说：“六总，我忽然想到，我们能不能在酒吧里开一门课呢？”

小六好奇地说：“在酒吧里怎么上课？”

刘涛说：“许多感情都开始于酒，终于酒吧。咱们可以在酒吧里进行一对多的辅导，当然我们不叫课，而叫‘我有酒和药，你有故事吗’，让他们把故事讲给我们听，我们帮他们解决情感上的问题，学费也改个名字，就叫‘酒水畅饮票’，毕竟，酒花不了多少钱。”

小六听得入神，像忽然被点醒了一样：“可以试试，要不咱们找一家酒吧？”

刘涛继续说：“正好我有个朋友就是开酒吧的，他那儿的氛围绝对治愈。”

小六拍案叫绝：“好主意！那就这么试试吧！”

就在那个夜晚，他们按照刘涛的建议和想法，做出了一场教科书似的商业营销。

广告发出去不久，名额就满了，在这个世界上，在这个城市里，被感情伤害的人太多太多，而解药，却只有那么一点。

刘涛很重视这次活动，连续三天，刘涛一直和肖洋在一起打扫卫生、布置场地。他们把酒吧收拾得很温馨，像家一般，肖洋问刘涛：“这样你满意吗？”

刘涛看着自己的劳动成果，忽然被感动了，昏黄的灯光、两棵圣诞树、一个玫瑰花群组成的爱心、舒缓的音乐，透射出坚强和美好。

肖洋也很开心地看着自己和刘涛的成果，对刘涛说：“这里挺像一个家的。”

刘涛笑了笑：“是挺温暖。”

肖洋说：“而且，像我们的家。”

刘涛有些不好意思，但还是戳破了那层纸：“你这是在表白吗？”

肖洋说："算是吧。"

刘涛说了句："讨厌，一会儿客人来了。"

肖洋说："这个酒吧要不就叫'爱的怀抱'吧？"

刘涛说："什么意思？"

肖洋一把搂住刘涛，说："就是这个意思。"

瞬间，刘涛像被暖化了一样，沉浸在肖洋的怀抱中。

那天夜里，"爱的怀抱"来了很多人，有男有女，女生居多，毕竟女孩子更爱倾诉，也更容易受伤。

男生也有不少，总之，来的人都在被昏黄灯光温暖着的酒吧里，配合音乐讲述着自己的故事。有些催泪，有些遗憾，让人永生难忘。

五十年后，当刘涛成了著名的情感专家，依旧忘不掉这个美好的夜晚，这是她这辈子最幸福的一段时光。

这场活动大获成功，小六团队拍了很多照片，将一些拍得好的发到了自媒体平台上。一些金句，被修饰后，更加具有传播力。小六也十分开心，计划在上海、杭州、深圳、厦门、广州用同样的商业模式变现。

那一年"我有酒和药，你有故事吗"成了网络流行语。

消息很快被韩晓婷知道了，她十分生气，她更恐惧的是，刘涛找到了一条逃离自己的路。

于是，她给小六发过去一封邮件，说刘涛越界参与其他公司的活动，违反本公司规定，让刘涛立刻回公司。

而小六却回复韩晓婷，说有刘涛配合自己，工作开展得非常顺利，甚至建议加价留着刘涛，可以让王薇薇提前回去。

有了小六的支持，刘涛公然抗命，表示不回公司。

韩晓婷于是在公司内部发邮件，说刘涛不顾公司规定，在外接私活，严重违反规定，需要记过处分，并要求她立刻回公司报到。

当这条消息出现在刘涛邮箱时，刘涛已经决定，永远不要再见到韩晓婷了。

而她现在需要做的，就是抱住小六的大腿，抓住救赎自己的最后机会。

当晚，她谋划了一个方案，准备天亮后实施。

那一夜，她睡得很香。

14

从校园暴力到职场暴力，暴力成了她们人生的主题。

暴力是粗俗的，是人与人处理矛盾的最后手段。从孩子到成人，我们每天都在经历暴力：动作的、语言的、心理的，有些暴力让人恐惧，有些暴力令人绝望。

发生在刘涛身上的职场暴力，持续了整整六个月，她充满委屈。可她忘记了，十年前，发生在韩晓婷身上的校园暴力，持续了整整一年。

刘涛一直没有机会和韩晓婷单独对话，她一直想问："都过去这么久了，你还没忘记吗？"

人们总是习惯遗忘自己的罪恶，因为遗忘才能让自己过得更好。

韩晓婷不想跟刘涛对话的原因也是如此，她不想给刘涛任何澄清的机会。

收到邮件后，刘涛一直郁郁寡欢。小六努力想留住她，可是韩晓婷那边的邮件和态度十分坚决，说必须让刘涛回去，场面一度非常尴尬。作为商人，最怕的就是因为谁或者什么事情，影响大家赚钱，乃至撕破脸。

在那个下午，小六找到刘涛，她拿出一份礼物，是一部红色的 iPhone7。

小六说："谢谢你这一个月的帮助，这是送给你的礼物，我自掏腰包买给你的。对了，工资也会算啊。希望我们还能再见面。"

小六把礼物推了过去，刘涛却没有接。

小六笑着问："怎么了？"

刘涛说："六姐，我……能来您的公司吗？"

小六有些惊讶。在商言商，她一直有这个想法，但却从来不敢这么直接地问，所有坐到总裁以上位置的人，最怕的往往不是没钱，而是丧失行业口碑。

挖人这件事情，就算成功，终究也会在行业里留下把柄。

小六没想到刘涛竟然直接问了，于是说："当然可以了。"

刘涛笑了起来："真的吗？"

小六马上进入状态："当然，我们都很喜欢你，而且，你也很适合来我们自媒体领域，只是……你和韩总那边如何沟通的？"

刘涛心生一计，说："就是因为我这些天来您这儿工作，一直在出力使劲，弄得韩总总觉得我想背叛她，我其实真的很想来您这边工作，哪怕工资少一点儿都可以，您这边只要表态，我愿效犬马之劳。"

小六也很开心："那好，如果是这样，你先和韩总那边把合同解除了，就来公司报到，我们团队也很需要你。"

刘涛说："我很愿意，可是……"

小六说："可是什么？"

刘涛说："韩总不让我走，还把我的户口和资料全部押在那里了。”

小六听后笑了一下：“看来优秀的人才，谁都想要啊。”

刘涛也笑了，她笑得很尴尬：“六姐，我该怎么办啊？”

小六说：“这么看，韩总也不太理智，这么做不太符合一个优秀商业女青年的逻辑啊。”

刘涛点点头。

小六说：“可能也是因为你太优秀了。这样，我给韩总打个电话，如果要承担相关赔偿，我也试着沟通一下。我再问问我们法务，看看有没有什么机会走合同的漏洞。”

刘涛拼命点头，忽然跪在了小六面前：“六总，谢谢您，您就像我母亲一样。”

小六赶紧扶她起来：“可别这么说，我没有那么大，我们一起合作，必能创造出更好的文章。”

刘涛拼命点头，她知道，小六是她的救世主，是她的最后一根救命稻草。

此时，韩晓婷正在为公司上市的事情忙得焦头烂额，IPO迟迟不下来，材料已经准备齐全，有关部门却总是吹毛求疵，多次干涉。她的团队去工商局数回沟通无果，让她的脑力、体力均被透支。正在这时，她忽然接到了小六的电话。

她一直尊重小六，因为每年和小六的合作，都会给韩晓婷带来丰厚的收入，而且小六是甲方，韩晓婷也不得不尊重她。可是，当小六提出留下刘涛时，韩晓婷的怒火瞬间爆发出来：“六总，咱们应该互相尊重，如果你缺人，我可以调给你其他人。”

小六说：“晓婷啊，你知道我只觉得她不错，要不你卖我个面子？我出个高价。”

韩晓婷说：“六总，咱们怎么合作到要把人挖走了？”

小六说：“可我听说刘涛也想留在我们这里啊。”

韩晓婷忽然有些愤怒：“六总，咱们不应该干这种无耻的事情吧？”

小六一听，也有些不满：“韩总，扣人家的户口才无耻吧？”

韩晓婷气急败坏地说：“不关你的事！你知道什么啊？你懂我们之间的恩怨吗？”

小六说：“韩总，别生气啊，商业上的事情，何必动感情呢？”

韩晓婷握紧手机，咬着牙说：“户口我是不会放的，六总，这件事本来和你无关，但你一定要为刘涛出头，就别怪我殃及池鱼。”

小六行走江湖多年，论年龄和资质都在韩晓婷之上，听到晚辈如此威胁，她的保护机制也瞬间启动了。她说：“那好，晓婷，我倒想看看，你能怎么殃及我。既然你这么说了，这个姑娘我护定了。”

韩晓婷急得口不择言：“六总，我们公司待你不薄，你竟然为一个全公司都在诟骂的员工出头！你是什么身份你不知道吗？”

小六慢慢地说：“我知道我的身份，也知道你的身份，但我更知道，自由是每个人的权利，谁也不能夺走。我还知道，我的公司需要刘涛这样的人才，我不能看着这个年轻人被你们公司毁掉！”

韩晓婷大喊：“好，既然你一意孤行，咱们法院见！”

小六笑了笑：“那就法院见，我奉陪。”

韩晓婷在电话里说的最后一句，几乎透着火焰，她的鼻孔里喷射着热量，忽然大声地说：“六总，你知道她小的时候做过什么吗？”

小六不解地说：“这个和我无关，我关心的是现在的她。”

说完，小六挂了电话。

那一年，创业圈有一条十分著名的新闻——九零后企业家广告公司上市，刊登在所有报纸的头版头条。

韩晓婷的“亭亭玉立”，是历史上第一家上市的广告公司。

那一年，韩晓婷和几个股东身家上亿。

也是那一年，刘涛获得了自由身。

没等韩晓婷缓过劲儿去控告小六，小六已经帮助刘涛发了律师函，焦头烂额的韩晓婷无心恋战，知道自己扣押对方资料不合法，于是，退还了刘涛所有的资料，并且转移了她梦寐以求的档案与户口。

从此，她和刘涛一刀两断，不再往来。

公司上市前，韩晓婷炒掉了王橙宇。在此之前，王橙宇和刘欣欣多次发生冲突，离职前，王橙宇对刘欣欣说："你等着，总有一天，我会超过你。"

王橙宇后来单独创业，多次失败。感情失利后，他又尝试回去找刘涛，无果。最终隐居在海南，不再见人。

后来，刘欣欣也从韩晓婷的公司离职，出来创业。他发明了许多技术上堪称完美的产品，比如云端系统、阿尔法病毒等。王橙宇终生与刘欣欣较量，他推出的所有产品，仅仅是为了在性能上超越刘欣欣的，当然，这是后话。

当刘涛拿到自己的户口和档案时，蹲在地上，一直在哭。因为她知道，自己经历的长达七个多月的职场暴力，终于结束了。

她更明白，自己的罪算是遭完了，两个人都可以放下过去了。

拿到档案的第一天，她给韩晓婷发了一条信息："为什么过去的仇还要报？"

当天夜里，韩晓婷回复了一句话："你受到过什么惩罚吗？"

的确，十年前，围观的人没有受罚，动手的人惩罚太轻，施暴的代价太小，于是大家都可以为所欲为，这些创伤往往都被埋藏在了受害者的心里，生根发芽，然后转移到另一个场合，变成另一种暴力。

世界，就是这么变坏的。

韩晓婷给刘涛回复的信息里怒意满满，只有短短几个字："别着急，咱们没完。"

刘涛回："晓婷，这么久了，你一直在报复，报复能化解仇恨吗？报复只能加深仇恨啊！"

韩晓婷回："你觉得，我和你之间除了仇恨，还能有什么？"

刘涛回："可是，当年我什么也没做啊！"

韩晓婷回复的最后一条，刘涛似曾相识，她说："你笑了！"

恐惧蔓延到刘涛全身，她知道，仇恨已经让韩晓婷变成一个恶魔，仇恨滋生仇恨，愤怒加剧愤怒，理智荡然无存。刘涛虽害怕，但仔细一想，自己并没有什么把柄落在韩晓婷手上。她对韩晓婷，百感交集，又无能为力。她自言自语道："只有爱才能化解仇恨。"

说完，她竟觉得有些幽默，有些荒唐。这话如果十年前说出来，该多好。可是现在已经晚了。想到这儿，她关掉了手机。

小六后来对刘涛说："不用再记得韩晓婷了，因为有些人就是拿来遗忘的。”

刘涛点点头，不再提起，小六可能一辈子都不会知道刘涛对韩晓婷做过的事情。对刘涛来说，遗忘是最好的选择。

慢慢地，刘涛开始理解韩晓婷的愤怒和无助，叫天天不应、叫地地不灵的时刻，她感同身受。世界上为什么需要武侠，因为当公平不再运转时，人们需要侠客来替天行道。而侠客，就活在人世间。

刘涛成名后，认识了那个叫张峰的作家，那是很久以后的事了。她知道，张峰就是韩晓婷的侠客，而小六，就是自己的侠客。

他们都是英雄，可是又对许多事情的细节一无所知。

刘涛时常想，如果受害人不是自己，她可能还会觉得韩晓婷是个伟大的人。

可是，造化弄人，受害者是自己，自己怎么也不可能觉得她伟大。

第二年，刘涛嫁给了肖洋，两个人就在“爱的怀抱”酒吧附近租了一间房。“故事和酒”的项目做得很大，当年，她和小六一样，迅速崛起，成了网红。刘涛的文章观点明确，文笔犀利，爱情故事有温度，许多文章的阅读量瞬间突破十万。

渐渐的，她开始有了自己的写作风格和粉丝群，她经常写自己和肖洋的故事，那些爱情故事广为流传。是真是假，谁也不知道，但大家都知道她的文章和名言。一度，她变得家喻户晓，她和肖洋也成了许多人的恋爱榜样。

不久，她和小六分道扬镳，成了独立情感作家。

韩晓婷的公司上市后，她成了当年中国最有名、最年轻的企业家。她一生未婚。临终前，她让助理在家里放了两种花，一种是蔷薇，一种是月季。她惊奇地发现，原来生命中的两个男人，给了她两种最喜欢的花朵，但它们竟然都带刺，都会伤人。

这不就是她一生的写照吗?

2050年前后，世界变化得很快，机器人已经不再是人们讨论的话题，人工智能也逐渐进入普通人的生活，路上少有司机，取而代之的是无人驾驶机车，苹果手机已经被淘汰，取而代之的是苹果眼镜，人们通过大脑就能控制程序。

网络无处不在，人们习惯肆意地在网上发表言论，有些言论过激，也不用承担责任。

毕竟，所谓言论自由，对于一些没文化的人来说，就是可以无底线地攻击陌生人，以此标榜自己。

有些人通过熟练地使用网络暴力，来刺伤他人，虚拟世界、言论自由和网络暴力，变成一组不可协调的矛盾。

在那个混乱的世界里，环境被破坏，许多植被荡然无存，花草树木不复存在，取而代之的是仙人掌。仙人掌生命力顽强，能在恶劣的环境里生长，竟成了城市里唯一的绿色植被。

只是，仙人掌的刺，藏在每个人身边。

Part 3

仙人掌的刺

1

先知们一直在说：毁灭人类的，可能还会是人类。

所有的宗教，都在说一件事：人类毁灭之后，世界将何去何从。

世界飞速变化，让人目不暇接，从机器人到人工智能，再到人工智能进入人们的生活，仅仅用了五十年。

人的寿命从平均八十岁，上升到一百岁，医疗和健康服务体系十分完善。每个人不出门，就能尽知天下事，便捷的网络遍布每个角落。

我，就是在这样的世界里长大的。今年是2050年，我快三十岁了。

小时候，我看到的树木、花朵和云彩，都消失了，取而代之的，只有高楼大厦和污浊的空气。人类生活在这样的世界里，只能躲在家里，躲避空气和水的污染。

城建部门为了增加绿化面积，制造出许多人工绿和仙人掌，据说仙人掌可以在任何地方顽强生长，哪怕没有水，哪怕雾霾漫天。

我时常会怀念儿时的灌木和松树，那些绿色，现在只能在网上看到。

仙人掌布满了北京的三环、四环，和从前的照片对比显得很滑稽，和儿时的北京也很不同，可每个人都习以为常。

大家出门都戴着智能口罩和眼镜，口罩防止灰尘被吸入肺里，眼镜时刻连接网络，人类永远和万物互联，随时发表评论。每个人都有自己的评分体系，见到任何一个人，首先看到的是对方的综合评分，在最短的时间里，知晓他的所有信息。

得知彼此的分数和信用后，接下来才会决定是否还有交流的必要。

世界变了，变得太快，变得更符合人性了。

每个人都佩戴隐形眼镜或者镜框眼镜，每个人的脑部都植入了社交芯片和互联网芯片，当你不喜欢一个人或者不喜欢一件物品时，只要输入屏蔽代码，就再也看不见了。

前几天，我告诉女朋友有案子要处理，晚上不回家，由于工作效率极高，竟奇迹般地把工作做完了。

凌晨三点，我回到家，发现家里除了我女朋友外，还躺着一个男人。

我生气地扑了过去，扒开他们的被子，疯狂地攻击那个男人，他们立刻在记忆芯片屏蔽人物那一栏输入我的名字，把我屏蔽了。按照法律规定，当对方把我屏蔽时，如果我还离他很近，将会被警察带走。

就这样，我身为一个警察，竟然被警察带走了，被警告以后再也不能见到他们。警察告诉我，如果我不是警察，早就“关闭系统三日”了。这是这些年才有的惩罚手段，一个人被关掉系统，相当于脑子里的芯片被抽掉，也就是关禁闭，失去了所有和别人互联的机会，不能与别人交流，看见的全是空白，听见的全是忙音。这样三天下来，对人是一种巨大的精神摧残。

有关部门对这种惩罚手段使用得十分谨慎，因为这种惩罚过于残忍，有些人往往忍不了三天，就会在空白的世界里做出可怕的事情。

这是一种威慑，毕竟在这个万物互联的世界里，没有了互联，人几乎无法生存。

所以，当对方已经屏蔽你了，你还持续出现在对方的安全距离内时，这种惩罚就立马生效，我就是这样遭殃的。

可是我不明白，这姑娘为什么这么对我，我十分生气。

我不就是工作忙一点儿，事情多一点儿吗？总有些人要忙碌，要去管理世界上的琐事。当警察一直是我的梦想，虽然现在网警越来越多，但总归要有人去保护弱者、抓坏人、管理秩序，除了警察，谁来干呢？

于是，我也屏蔽了她，从此，我们就算见面，看到的也是一片空白。因为我屏蔽了她，所有和她相关的东西也都慢慢从我脑海中消失了。

现在我已经没法想起过去和她的点点滴滴了，所有记忆都从云端被逐渐清除，慢慢地，我也不难过了。

感谢科技，能让我们这么快走出失恋。

我是谁？

我的名字叫小柯，是一名警察，真正保护人民的警察。是的，现在我们似乎更需要维护网络秩序的网警，能删帖就删帖，能禁言就禁言，但总有人需要被保护。

人工智能时代降临后，机器人替代了人工，人工智能几乎进入所有领域，只有少数人还在工作，大多数人戴着3D眼镜，整天打游戏。有时我很佩服他们，也很羡慕他们，但我不能这么活，每个时代，都要有人去工作、去改变，我要成为这样的人。

环境已经被破坏得一塌糊涂了，所有城市除了仙人掌，就是所谓的发达的高科技，而我，小柯，就生活在这个时代。

这些天，我又开始忙了，忙于一桩凶杀案。不过同事说有可能不是凶杀案，可能只是自杀。可是我却觉得，事情太蹊跷了，蹊跷得令人恐慌。

2

2050 年 12 月 25 日，圣诞节，知名作家、社会知名评论人张峰，从十八楼一跃而下，经法医鉴定，头部着地，当场死亡。

张峰今年快八十岁了，依旧在互联网上发表着自己的观点，他身体健康，文字依旧犀利。

虽然跳楼原因不详，但我们在死者家里搜到了一封诅咒信，还有一个大箱子，里面装着动物的粪便。

我们在张峰家里搜查，迷茫地勘查所有线索，矛盾很快指向了这两项证物。我们先打开了那封诅咒信，上面写着：亲爱的公知张峰，对于您近期在网上发表的言论，我只想说：希望您赶紧去死。

好久没看到纸质的信了，没想到内容这么恶毒。我们仔细看了看信封，发现邮寄地址是空白的，重要信息都不全，落款姓名写的是“爱狗的荣荣”。

我问同事小刘：“能找到地址吗？”

小刘说：“可以从最近的快递公司开始查，查到送快递的人，一层层地查，总能查到的。”

我问小刘：“你知道他在网上发表了什么言论吗？”

小刘笑了笑说：“你不知道吗，消息是我老婆告诉我的，她特别爱狗。”

我说：“我最近几天心情不好，都没怎么上网，到底怎么了？”

小刘说：“之前不是有条狗把人咬了吗，他建议上级成立杀狗小分队，把所有在外面没有戴狗链的狗全部击毙。”

我说：“这很有道理嘛。”

小刘赶紧捂住我的嘴巴：“哥，你可别瞎说啊！现在狗的命可比人贵。”

我笑了笑说：“你指的是在爱狗协会的人眼中吧？”

小刘说：“可不是嘛，我记得我爷爷那一辈骂人都用狗，现在说话带狗可是夸人的。”

我笑着说：“还真是。”

这时，我们团队最年轻的队员小张走了过来，说：“哥，查到了，这些粪便都是狗的，寄这份‘礼物’的，以及写信的这位荣荣，都是爱狗协会的。”

我点了点头，问小刘：“这具体是个什么协会？”

小刘说：“群众自发组织的，我媳妇儿也是会员。”

一会儿，小刘收到了新的信息。

我问他：“尸检那边有最新消息了？”

小刘说：“在自杀前一天受过伤，头部似乎被硬物攻击过，手腕也似乎被利器刺伤了。”

我说：“看来事情不太简单，他应该有自杀倾向，撞墙、割腕。这样，小刘，你带一帮人去网络办查查，看看能不能摸出其他的信息。小张，咱们先去见见这位荣荣。”

小张点点头：“好的，我立刻去查她的地址。”

结果很快水落石出，毕竟，在万物互联的世界里，人也就没有什么隐私了。荣荣写这封信时，以为不写自己的地址，不写自己的真名，就不会被人知道。

可是她错了。这个世界，云端为尊。

荣荣的真名叫作蔡荣，今年16岁，在广西的一所高中就读。不用几分钟，小刘就查到了她的完整信息。同时，小刘也查阅了她的社交软件，她在张峰自杀前，连续发了三条写着“张峰去死”标签的微博，每一条都充满极端的仇恨。

我们连夜赶往广西，在一所高中，找到了蔡荣。

蔡荣在教室里，正在上斯坦福大学的公开课，她戴着VR眼镜，有些打瞌睡，迷迷糊糊地听着远程老师的直播。我们到了之后，现场老师关闭了她的连接，然后用语音提醒她“有人找”，她立刻摘掉眼镜，激活了自己的信息。她清楚我们是警察，于是很惊讶地问：“怎么了？”

我看到她的大众评分很高，应该是个好孩子，不像是写那封信的人，至少，没有那么邪恶。

于是我先开了口：“蔡荣你好，我们是警察，请问，你认识张峰吗？”

蔡荣听后有些震惊，问：“哪个张峰？”

小张说：“你寄的信，你不知道？”

我察觉到荣荣有一丝恐惧，并瞬间用仪器捕捉下来。在我们的世界里，捕捉人的情绪是一件十分容易的事情，我说：“是啊，敢寄信，不敢承认？”

荣荣咬了咬牙，放下了手上的VR眼镜：“我怎么不敢承认了，那个王八蛋！”

我问：“告诉我们为什么寄信。”

荣荣说：“我寄信犯法吗？”

她显然有些失控。

小张检测到她的愤怒情绪爆表，对她说：“你别激动，冷静点儿，说说寄信的原因。”

荣荣说：“我寄诅咒信是我不对，但他怎么可以那么说，狗狗是人类的朋友啊！我的狗，米儿，就是因为没有戴链子，被一群流氓杀死，还被拉回去吃了肉。狗不戴链子就应该被杀死吗？那人不带身份证是不是也应该死呢？狗是人类的朋友啊，不就是没戴链子吗，可是它们从来不攻击人……”

荣荣说着哭了起来。

小张性子急，说：“所以你就杀了张峰？”

荣荣立刻擦干了眼泪：“你说什么？”

我打断了小张，对荣荣说：“你不知道张峰死了吗？和你有关吗？”

荣荣摇摇头，露出惊讶的表情：“怎么会和我有关……我根本不知道……”

荣荣明显被吓到了。

我继续问：“你说实话，和你有关吗？”

荣荣继续重复：“怎么会和我有关？”

我说：“那你为什么在信里让他去死？”

荣荣说：“我……只是写了……不代表我真想让他死啊！”

小张调出一个资料，用蓝牙传给荣荣：“根据我们的调查，你还发过好几条让张峰去死的微博，这怎么解释？”

荣荣有些着急：“我没想真让他死，我只是说说而已……”

小张问：“说说而已？还没真想让他死？”

我问：“那你解释一下微博是怎么回事。”

荣荣说：“我是发过，我看到网上有这个标签，于是就用了，可是我没有真想让他死，何况那么多人发了啊，为什么你们偏偏怀疑是我杀的呢？”

我说：“因为他家里只有一封你写的诅咒信。”

我看到荣荣眼中，既有恐惧又有好奇，还有许多疑惑浮上眉梢。我不说话，定定地看着她的眼睛，想要突破她的心理防线。一段时间的沉默后，她大声地哭了：“我没想让他死……我只是觉得我的狗死得好冤……”

我立刻用仪器扫描了她的情绪，分析了她的表情，系统表明，她是真的难过了，并不是因为恐惧而哭。

我点点头：“那你能告诉我为什么要说这种话吗？”

荣荣说：“我说说而已，难道说一说都不行吗？”

我把小张留了下来，让他查查荣荣是否有不在场证明。

此时，电话响了，小刘告诉我，在北京的一家公司，查到了另一名寄粪便的人——宋西的地址，基本确定，寄粪便的是她。

另外，还能确定一件事，她也在微博上发过一条写着#张峰去死#的内容，我转身走出校门，当即飞回北京。

学校门口还屹立着几棵仙人掌，绿油油的叶片上长满了刺，像是要刺伤谁。

3

我见到宋西的时候已经是晚上了，她刚刚结束一天的工作，回到家，被我抓了个正着，当我告诉她张峰已死时，她也很震惊。

她说：“我没想到他会死，我只是有些愤怒地发了那条微博，寄了那些粪便。”

我迅速分析了从她身上传导出来的情绪，感觉到了一种自责之情。

我们甚至没法批评她，也没法制裁她，法律没有规定不能在网上骂人。

于是，我们控制了宋西，直到查清她有不在场的证明，才释放了她。

小刘从网络办回来，拿来一堆资料，从信息分析来看，另一个让人震惊的事情浮出水面：张峰死前，记忆芯片和互联系统都被损坏，大脑里的网络系统被永久关闭，最可怕的是，网络办和网警局等所有互联网机构都不知道原因，破坏是非物理性质的，是通过远程直接关闭的系统。

我拿到这份报告后十分惊讶，因为从有这条法律到现在，只把一个人的系统关闭了三天，那是一个连环杀人犯，因为罪孽深重，最后系统被永久关闭。张峰不过是发了一篇文章，究竟是谁对他发起了攻击，如果系统受到了攻击，那么，自杀又是怎么回事？

小刘拿着资料，手一直在颤抖，他说出了真相：“如果一个人临死前系统被永久关闭，那也只能自杀了。”他继续说，“生命里除了黑暗或者空白，活着还有什么意义呢？”

他也不知道，关闭系统后，感受到的是黑暗还是空白，就像活着的人，永远不知道死亡是什么感觉。

小刘也有些感慨：“是谁啊，下手这么狠？”

我说：“小刘，你还要再去一趟网络办，去查一查张峰的系统是怎么坏的，如何被关闭的，或许对方是个技术高手。”

小刘点点头：“这个应该能查到。”

他走后，我坐在办公室，打开电脑刷微博，看着那些刺眼的“张峰去死”的信息，我有些不明白，这些人真的想让他死吗？难道人的命比狗的命更不值钱？

他们知道张峰死了，会高兴还是沮丧呢？

这些暴力背后，到底隐藏着什么逻辑？我叹了口气，不忍细想张峰系统被关闭后遭受的痛苦。

我从小读张峰的文章，据说他是个很有正义感的作者，也有不少好友，这次陷入网络暴力实属偶然。我陷入沉思，决定去一趟停尸房。

医院的地下一层，安放着刚刚逝去的死者。我一个人走进张峰尸体所在的房间，一位老妇人，衣着光鲜，静静地坐在他的面前。我走过去，看到她的眼睛里饱含泪水。

我问："这是您的爱人？"

她气质端庄地抬起了头，说："他是我的光。"

我有些没听懂，但也没有继续追问，那人忽然说："没想到，这就是最后一面了，我竟没来得及跟您说声谢谢。"

说完，她的眼泪布满尽是皱纹的脸庞。

我看着她，迟迟说不出话。我不知道张峰先生后来经历了什么，才会多次尝试自杀，但我明白，当一个人的系统被关闭，就相当于和世界上所有的人、事、物都隔绝了，看不到别人的评论，听不到美丽的旋律，欣赏不到好看的电影，短暂关闭其实就是一种惩罚，但永久关闭、永久损坏，将不可逆转，人受到的打击、经受的痛苦，更是无穷无尽。

那一夜，我看着月亮，一直在思考：当一个人发出一条微博，表达对某人的观点时，到底算言论自由，还是人身攻击？

忽然间，我明白了，所有的人身攻击都可以理解成言论自由，所有的言论自由也都是对某些人、事的攻击。

这些年，网络暴力无处不在，仅仅因为我们没有任何惩罚机制，即便技术这么发达，道德竟还未进步，让人无奈。

我正思考着，小刘忽然给我打了一通电话，打断了我的思路，他说：“哥，记者来了，通告发吗？”

我说：“发吧，该怎么说就怎么说，说我们正在调查。”

小刘说：“好。”

说完，小刘把警方的声明发到网上，没想到刚刚发出去，评论区就炸锅了：

他该死？

你们这些爱狗人士满意了吗？

警察在干什么？为什么不作为？

他为什么会自杀？

缅怀一位好作家。

……

我已经习惯他们如此刷屏了，无论我们做什么，总有人在背后对我们进行攻击。这世界，做事的，永远被人唾弃；不做事的，永远在不停地评价。我打算睡一觉，好几天都没有好好睡觉了。我休眠了系统，进入了梦乡。

睡梦中，我被手机振动惊醒，打开手机，看到大家都在关注一则热闻，一位朋友刷出了另一条信息：“蓓蕾集团”总裁张蕾得知张峰死讯后，开香槟庆祝，丧心病狂，天理不容！#张蕾去死#。

我的这位朋友是张峰的粉丝，跟我一样，从小读他的社会评论，只是，焦点怎么转移到“蓓蕾集团”了？到底发生了什么？

我发了条微信问她：“怎么了，把大小姐给惹生气了？”

她发了一堆资料给我，意图说明原委。

我打开一看，的确有些震惊：“蓓蕾集团”总裁张蕾，在得知张峰死去的消息后，在微博上发了一张香槟的图，配图文字是“真好”。

“蓓蕾集团”是家族企业，致力于房地产开发，两姐妹高中时多次转学，最终没有毕业。两人至今未婚，每天除了花钱，就是研究怎么花钱。坦白讲，中国的房地产，就是被她们这些人炒高的，今天张蕾竟然在作家张峰去世当天，发出这样的庆祝语，我只想说：#张蕾去死#。

另一位网友也义愤填膺地说：“据我所知，张家的姐妹花从来没有养过任何宠物，这次站出来说‘真好’，不知出于什么目的，又不是爱狗人士。实在可笑。”

这些消息都被转发了很多次，朋友跟我说：“房价原来是这帮人炒上去的，总算找到我买不起房的原因了，气死我了，我得好好骂她们几句。”

我看完后笑着说：“你别生气了，生气房价也下不来啊。”朋友继续愤怒地说：“其实跟房价无关，主要是因为她的那条微博！”

我又打开了张蕾的那条微博，下面的评论已经爆掉了，几万条，充斥着让她去死的内容。

我笑了笑，摇了摇头：这年头，怎么老让人去死。

想到这里，我忽然警觉起来：不会像张峰一样，真死了吧？我心想，当然不会，哪有那么巧。

当晚，张蕾发了一条微博：“我没有想庆祝张峰的死，只是刚好今天我们收购了一家公司，这家公司我们一直想并购，今天终于成功了。我确实认识张峰，也不喜欢他，但我真没有这个意思，谢谢大家对我的监督，占用媒体资源了，对不起！”

这条微博发出后，网友马上看出漏洞：“你认识他，不喜欢他，又发了那条微博，还说没有庆祝张峰去死？”

他们不依不饶：“这算什么道歉？一点儿也不真诚！什么叫占用媒体资源？”

还有一些人在翻旧账：“房价涨上去的事情你解释一下！”

事情经过一个晚上的发酵后，一篇文章横空出世，刷爆了大家的朋友圈——《蓓蕾绽放，必刺痛他方》。

文章讲述了张家姐妹全部的发家史，这篇文章作者署名不详，但和五十年前论坛上的一篇文章——《我转学的经历》结构相似，它详细扒出了她们小时候的校园暴力事件。更有甚者，找到了她们小时候拍摄的殴打一位小姑娘的视频，愤怒的群众甚至没有给小姑娘的脸打上马赛克，就匆匆发了出去，随后被疯狂地转发，好在那个小姑娘已经长大，没人知道她是谁。

网络舆论再次爆炸，无法停止。当夜，#张蕾去死#上了热搜，排名第一。

其实我也见怪不怪了，在这个说话不用负责任的网络世界里，还有什么比攻击别人更有趣呢？

我待在家，看了那段视频和那些文章，心想，这叫张蕾和张蓓的，还真不是东西。难怪大家如此愤怒，还好有网友在，能搜索出这么多信息。

可是，网友的攻击就一定是对的吗？

我不懂，也不明白，评价别人确实很容易，但不太好把握。

那一晚，我睡得很沉，我梦到了一个人，好像是陪伴过我几年的一个女生，但是她的脸很模糊，我们一起经历的事情也不大清晰，若有若无。后来，她的脸变得很狰狞，一直拿刀追杀我，和她相遇时，她披着头发，有两颗狼牙，一直在咬我的脖子。我从梦中惊醒，看看表是凌晨一点，我打了电话给张路。

张路告诉我，之前我删除过一个人，而且设置了程序，扭曲过我们之间的美好，这些碎片，都是通过扭曲脑电波生成的，如果我想恢复那些美好，他可以帮忙。

我问他："这样做会有什么风险呢？"

他说："会心痛。"

我说："为什么会心痛？"

他说："因为你曾经爱过她。"

我笑了："我会爱上一个魔鬼？青面獠牙的魔鬼？算了，还是别恢复了，我怕噩梦成真。"

张路在电话那边说："想的话随时告诉我，晚安。"

挂了电话后，我睡得很香。

第二天，我接到一通电话，小张告诉我：荣荣和小宋都确定了不是凶手，都有不在场证明，而且都没有破坏对方系统的能力，看来她们只是想发泄情绪，没有其他意图。

我挂了电话，十分困惑。这时，小刘还在和网警们追查所有与张峰死亡有关的信息。据说关掉张峰系统的，不是监管部门的合法代码，而是一组类似病毒般的乱码，从云端直接飞来。

他们继续筛查，第三天，我以为可以睡个懒觉，却被小刘的一通电话惊醒，我从被窝里爬起来："查到了吗？"

小刘在电话那边说："哥，还没有。"

我放松下来："那着什么急啊？"

小刘仓促地说："张蕾自杀了。"

这个信息让我从床上弹了起来，我仿佛忽然听到一声惊雷。那一秒，我知道，事情开始变复杂了。

仙人掌还在恣意生长着，我的后背却一直发凉。

4

"你听说过'蝴蝶效应'吗？"小刘在尸检现场问我。

我说："没有。"

看着尸体，我根本没有心思去想这些，我只知道张蕾是割腕自杀的，她死之前，一直在说"我错了""我对不起你"。

小刘说："就是亚马孙雨林一只蝴蝶的翅膀偶尔振动，也许两周后，就会引起美国得克萨斯州的一场龙卷风。"

我说："你想说什么？"

小刘说："两起命案的关联，已经显而易见了，是因为同一件事才上的热搜。"

我点点头，继续检查张蕾居住的别墅，希望能找到一些线索。

小刘说：“都是一些小事，放在互联网上，就被无限放大，然后民众就开始声讨，事情就失控了。”

我说：“是的，接着都变成了人命关天的事，可是，怎么变成命案的呢？”

小刘的眼神里透着恐惧，因为是他告诉我，张蕾是割腕自杀，警察进入她的别墅时，血流了一地，而我到的时候，只看到被收拾过的现场和照片。

小刘说：“原来网络上的世界，就是现实的世界。”

张蓓一直在旁边哭，哭得稀里哗啦。

我看了张蓓的笔录，她说从那天晚上起，妹妹就再也听不到自己的声音了，尝试用蓝牙传递信息，她也收不到，就像个活死人一样，感受不到外面的信息，也无法传递出任何信息。

张蓓找了医生和网络工程师，他们都建议摘除张蕾脑部的芯片，可是摘除芯片意味着从网络和社会体系中隔离出来，需要得到本人的认可。我们正在讨论，尝试着跟她建立连接，可她崩溃的第三天，就割腕自杀了。

我看完档案，跟小刘说：“还是系统损坏了？”

小刘点点头：“和张峰一模一样。”

我想起了网上的那条＃张蕾去死＃，忽然，一阵寒流涌进我的心脏，我说："这一切会不会有关联？"

小刘说："还用问吗？"

一位不怎么上网的同事问："什么关联？"

我打开电脑，点开微博页面："张峰死前的三天里，他上了微博热搜，标签是＃张峰去死＃，现在又是＃张蕾去死＃，你发现了什么？"

同事说："都姓张？"

小刘说："你是有病吗？再仔细看看。"

同事说："不会是谁死的标签排第一，谁就真的要死了吧？"

我点点头："背后到底是谁在操盘？"

小刘说："对方好像就是通过代码关掉了他们脑子里面的系统，强制他们和外界隔绝，让他们像是身处空空荡荡的房间，什么人也看不见，然后他们就会选择自杀。"

几个同事听得毛骨悚然，小张赶了过来，我开玩笑说："小张，刚才他们说死的都是姓张的。"

小张一脸严肃："哥，别开玩笑了，我刚查到，张蕾自杀前，有大量信息从云端传入她的大脑，这还是在她完全被信息隔绝后进行的。"

我吓了一跳："什么意思？"

小张说：“也就是她被完全隔绝后，还有人给她传递了大量的信息。”

小张拿出一个U盘。

我夺过U盘，插入电脑，想赶紧看看到底是什么。

加载后，一些片段映入眼帘，它们由大量的代码组成，有文字，有视频，都是张蕾经历过的事。

我们看到的，全部是她一生中做过的感到愧疚的事情：小时候对别人施加校园暴力，为了得到家产陷害姐姐，故意炒高房价，还有一些商业上的恶意行为，甚至还拆散了一个叫周易的男人的家庭。

有时科技的伟大之处就在于此，当一个人做一件事情、发一段信息时，他充满内疚，大数据就能精准地捕捉到这段情绪，然后把相应的联系人和信息加载到云端，接着可以恢复成图像信号、视频信号或者文字信号。

这些信息，政府规定，在临死前可以选择删除，也可以选择再看一遍。

当然同样的存储信息，还有令你开心的、感动的以及难忘的。

张蓓在一旁，看完了所有的视频，她说：“这些信息是真的吗？”

我答：“是的。”

张蓓说：“她为什么还要陷害我呢？”

说完，张蓓陷入了沉思。

我叹了口气：“人心复杂，有了这项技术，未必是件好事。人们总喜欢遗忘，尤其是对于自己做错的事情，如果有一天，忽然所有的事情都消失了，只剩下这些让自己内疚痛苦的事情，不停地回放，还不能结束游戏，除了自杀，还有其他的选择吗？”

小张点点头说：“可是这也太残忍了吧？”

小刘说：“哥，咱们再去一趟网络办吧，查一查到底是谁在幕后操作。”

我点点头，和我的两个助理飞奔过去。

这人一定是个高手。

网络办负责公民云端信息的是我的大学同学张路，他是第一个想到人类的情绪可以放在云端进行保管的人，他在上大学时，父亲得了癌症，检查出来时已是晚期。

父亲没有选择化疗，而是把母亲叫了过来，让母亲陪在他身边，给他讲过去的美好瞬间。张路在一旁看着，有时流泪，有时笑，许多细节，母亲记不住，父亲也想不起来，他们就叹口气说：“那就不想了吧。”

父亲走的时候很安详，但也有些遗憾。

就在那时，张路想，为什么不能用大数据为每个人记载那些令人难忘的瞬间？研究生三年，张路和他的团队一直在开发这个系统，终于，他成功了。

后来政府买下这个系统，用作监测犯罪，其他人付费也能使用，但仅限于调用自己的情绪，记录自己的生活。

张蕾的程序明显是被别人破解了，情绪被他人控制，用消极信息攻击自身。

可是，这人到底是谁？

我找到张路说明情况时，张路也很好奇，他说："这不可能，因为所有人都只能查到自己的信息，政府里的每个人，也都要有很详细的备案和程序，才能找到别人，而且不能调用和篡改。"

我说："我知道，所以才好奇，到底是谁调动了这些情绪去攻击别人，还有，谁有资格这么肆意破坏别人的网络系统呢？"

张路问："会不会是曾经就职于政府部门的人？"

我答："我不知道，谁有可能呢？"

张路纳闷道："这很难实施，因为系统如果走政府程序打开，审批的程序至少十道。"

我说：“意思是难于登天？”

张路点点头，打开电脑，进入程序，说：“我看看发生了什么。”

他输入了几行代码，当然，我也看不懂，只听他忽然喊了一句：“糟了。”

小刘和我同时问：“怎么了？”

张路继续敲打着代码，说：“一周前，我们被黑过。”

这时，小张拿着手机跑了过来，一边跑一边说：“哥，你看，又来了。”

我拿起手机一看，微博热搜变成了第三个人，上面写着#周易去死#。

5

这些天，我久久不能平静，事情开始变得错综复杂，像有关联，却又无从下手，难以控制。

仙人掌在路边，迎着风生长。

《新闻联播》里说，今天沙尘暴，请大家减少外出。可我依旧没有办法躲在家里，因为按照规律，周易很可能是下一个自杀的人。

我在网上仔细看了一遍周易被黑的原因，果然，他勾引张蕾的故事被发在了网上：

在一个饭局上，周易作为房地产大亨，认识了当时不到三十岁的张蕾。张蕾那时貌美如花，被周易的花言巧语所骗，并深深地爱上了他。他们一次次相约后，张蕾怀孕了，她找到周易，想跟他结婚，没想到周易告诉她，自己早已结婚。张蕾悲痛欲绝，莫名其妙地变成了“小三”。于是，她打掉了这个孩子，而这个孩子，成了张蕾一生的痛，她删除了这段记忆，可是痛苦却如影随形。张蕾自杀后，周易不仅没来悼念，反而在网友的追问下，说自己根本不认识张蕾，这是人做出来的事情吗？这种渣男难道不应该去死吗？＃周易去死＃。

这个故事的传播力度很大，他的老婆也被扒了出来。很快，细心的网友发现，周易每次照相，都没有和老婆的亲密动作，所以，他根本不爱他老婆的事情也被坐实，他就是个人渣。

周易持续待在热搜榜上，排名第一。

据我们所知，如果到晚上十二点，周易依旧高居榜首，他的系统将被关闭，他的世界也会变成一片空白，从此与世隔绝，第二天还有可能被输入负面情绪。

可是这个周易到底在哪儿？

我立刻找到张路，问他：“你们还要多久才能破解这个系统？”

张路说：“我不知道……全组的人都拼了。”

我叹了口气，说：“人在一个没有信号的地方，是不是会安全？”

张路说：“理论上如此。”

我说：“那我现在把他接到防空洞呢？”

张路抬起头，说：“短时间可以，长时间的话，那……和他被关闭系统一辈子有什么区别呢？只要一有信号，就完蛋了。”他努力避开“死”这个字。

我点点头，张路继续说：“不过，这是缓兵之计，先找到他吧，我们尽快解决技术问题。还有，我今天会让人把这条#谁谁去死#的标签从网络后台删除，你们赶紧去找周易。”

张路每次说话，我们只有执行的份儿，因为他太明白自己和别人要什么了，如果能删除这条热搜，事态可能会好一点。

我和小刘、小张找到周易时，他躲在家里，头发斑白，佝偻着背，大屏幕上，辱骂他的信息一条接一条地弹出来。看到我们，他像个孩子一样跑了过来，说：“你看，这世界怎么了，这都是几十年前的事情了，是谁扒出来的，写的细节都不对啊。”

我们没时间弄清他们的故事，也不想知道那些细节，说明来意后，他竟然马上安静了，问：“我真的会死吗？”

小刘点点头。

周易说：“你们想听真相吗？”

我摇摇头：“没时间听你的故事了，快跟我们走吧。”

周易收拾好一些随身物品，乘坐我们的无人驾驶机车来到接近河北的六环外，在一个废弃的停车场地下三层，车子停下来。那时刚好十二点。

在地下停车场，我们四个人都没有信号，所有信息立刻停止了更新，我下达命令：“周易，我负责陪着你。小刘、小张，你们立刻去调查一下，是谁发布了那篇攻击周易的文章。”

小刘、小张离开后，我蹲在周易旁边，点了一根烟。周易忽然哭了起来，我看了他一眼，没说话，毕竟谁遇到这种事情都会害怕。何况现在终于不用暴露在互联网下，情绪和信息都不会被收集了，可以放心大哭了。

周易一边哭一边说：“那是几十年前的事情，现在我都有孩子了，怎么还被人扒出来，无不无聊啊，是谁想害我啊？”

我把手搭在他的背上，轻轻地拍着。

他继续说：“我其实想过跟张蕾结婚，打算和老婆提离婚，可是我能怎么办？张蕾跟我在一起的第二天，就要跟我谈公司的股份，我受不了啊！我老婆已经是这样的人了，我何必还要再找个这样的人呢？我和她沟通过几次，聊感情，不聊工作，她呢，索性把我屏蔽了。”

我问他：“张蕾的死跟你有关吗？”

周易哭得更凶了：“她死了我当然难过，可我不能在公开场合说啊！我是有妇之夫，况且我也很久没见她了。”

我点点头，虽然没有信号，无法测试他是否说谎，但说实话，我相信他所说的。

周易继续说：“张家双胞胎，从小就飞扬跋扈，从不知道谦让，也不懂得爱人，她们只知道自己够强硬的时候，一切手到擒来。这样的姑娘，满眼都是利益，我根本没法彻底爱上她。”

他忽然站了起来：“这些文章，到底是谁发的？到底是谁啊！”

我递过去一根烟：“你冷静点吧，暂时也没什么办法，至少你的命保住了。”

周易拨开我的手：“我现在哪有心情抽烟啊，警官，我在这里还要待多久啊？”

我没说话，继续看着他发神经。他继续愤怒，像整个世界都在与他为敌。

的确，如果系统被关闭，整个世界一定会与他为敌。

因为他的世界，瞬间就崩塌了。

我走出停车场，有好几个未接来电，其中一个是张路的，我拨回去，张路问：“在停车场？”

他永远知道别人在做什么，也能及时帮助我。

我说：“嗯，怎么样？”

张路叹了一口气说：“我们删不完，因为每天都有人在网上说让谁去死，关键词无法锁定，我们删除了周易去死，又会有王易、李易去死，就算我们一直删，在最后一秒还有可能继续发，这样反而会破坏对方的游戏规则。”

我说：“什么游戏规则？”

张路说：“每天谁去死排在热搜榜第一名，会被关掉互联系统。”

我倒吸一口凉气：“所以周易完了下一个是谁？”

张路说：“不知道，网友们总能找到新的对象。”

我说：“那怎么办？”

张路说：“抓紧找到幕后黑手吧，你们先保护好周易。”

我点点头，挂了电话，此时，小刘的电话打来了，我连通视频，屏幕那边，小刘旁边坐着张蕾。我吓了一跳，往后退了一步，大喊：“小刘，你去阴曹地府了？”

小刘说：“什么乱七八糟的？”

我仔细一看，那人和张蕾有些区别，我问：“这不是张蕾吧？”

小刘答：“这是张蓓，她们是双胞胎。”

我叹了一口气，进入正题："你说吧，怎么了？"

小刘："我们查出来了，网上那篇文章是张蓓写的，她知道了游戏规则，怀疑是周易发的文章陷害了张蕾，于是找了网络水军，从张蕾的记忆库中筛选了这个片段，然后将这条消息公之于众。"

电话里张蓓大怒："他就该死，竟然用这种下三烂的手段……"

我问张蓓："你怎么知道是他呢？"

张蓓说："我当然知道，蕾蕾一辈子只拉黑过一个人，就是他，不是他还会有谁！我一定要让他得到应有的报应！"

小刘告诉我，张蓓一直在哭，一边哭一边说："我们还是不够狠，早就该收拾他了……"

我不知道这个狠了一辈子的姑娘最后会怎样，可是我开始明白，她为了维护内心的秩序，不惜把世界的秩序弄乱。

我让小刘、小张立刻把张蓓控制起来，然后尽快来找我。

接着，我走进地下车库，看见周易躺在车里。

周易正在闭目养神，看样子是睡不着，在车里辗转反侧。我打开车门，说："你要是睡不着，咱俩聊聊天。"

周易睁开眼，目光呆滞地看着我，说："你问吧，我现在就是个活死人。"

我说："网上那条攻击张蕾的微博，是不是你发起的？"

周易说："我干吗发那个？何况我一个人怎么可能发动那么大的舆论呢？"

我忽然明白了什么："有没有可能，那条微博是有人栽赃张蕾，故意攻击她？"

周易答："不知道。"

我问："她平时还和谁有仇呢？"

周易坐了起来，靠近我说："和她有仇的人多了。"

他继续说："你知道她从小到大多娇生惯养吗？你知道她小时候干过多少坏事吗？你知道她小时候欺负过多少人吗？"

我点点头："我还真知道。"

周易有点害怕："你怎么知道的？"

我说："你觉得你在我面前，还能有隐私吗？"

周易知道我们能窥见他经历的所有事情，于是不再说话，侧了个身，继续睡觉，而我静静地走了出去。

我在外面点了根烟，重新连上网，闲得无聊，打起了游戏，在我游戏结束时，周易也死了。

有时候我觉得是我杀死了周易，但回想起来，其实也不是。一个人一辈子犯下的罪恶，如果在某个时期，忽然被提起而导致自杀，我又能有什么罪呢？

当夜，周易从车库偷偷离开，他受不了一个人在一个空间里待着，更害怕我知道了他那些见不得人的事情，或许是我打游戏的动静太大，或许是我的烟味吸引了他，或许他想到了什么……

他走出车库，刚有信号，系统就被永久关闭，大量的负面信息输入他的大脑，他痛苦钻心，崩溃自杀。

张路调出他脑海里的信息，问：“你要看看吗？”

我摇摇头：“算了，我就不看了，谁还没有点令自己崩溃的事情呢？”

张路说：“不看也罢，他的过去，确实令人恐惧。”

我倒不是不好奇，而是已经看腻了，谁还没干过几件错事呢？可是这些事情，任意一件被放在网上，都会引发群体暴力。

我对张路说：“要不，这些信息，咱们都删除了吧？”

张路问：“不用跟人家家属说说吗？”

“让他们看这些，又有什么意义呢？”

张路点点头，盯着电脑：“让游戏继续吧。”

6

网络像一个大熔炉，什么人都可以发表自己的看法。也像一个火锅，所有人都在里面下着自己的菜。

谁也不会去管火锅底料和汤汁的味道变了没有，只要每道菜都有自己的味道就好。

网络让每个人开始拥有言论自由，也让话语权逐渐趋于平等。

可是，平等的话语权和自由的言论到底意味着什么——意味着世界越来越自由，还是意味着有些人的言论越来越不负责？

我不知道。

但谁也没想到，凶手的下一个目标，就是一个一直在捍卫言论自由的情感作家，她的名字叫刘涛。

刘涛从前是个网红，我也是看着她的文章长大的，原来她主要写爱情故事，我记得她的那句话：我有酒和药，你有故事吗？她和丈夫肖洋的故事曾经感动了很多人。后来，肖洋在一场车祸中去世了，司机酒驾，应负全责，但司机是一个有钱、有声望的人，所以一直没有得到应有的惩罚。

从此，她的文风变了，开始涉及大量的社会题材。我记得有一次她还和张峰在网上吵得像乌眼鸡，后来，因为话题过分敏感，她一次次被封号，又一次次崛起。因为文风变了，所以她和搭档小六也分道扬镳，直到今天，只有她自己，一个人，一台电脑，还在试图捍卫言论自由。

小刘告诉我，前面三起命案中，刘涛的名字一直在热搜榜上，并牵引着舆论，只不过不是第一位。

当大家确认是命案时，就去“人肉”这个一直在热搜榜上的人。

人们发现，她不过是想多蹭一些流量，哗众取宠而已。

当天，刘涛被爆出轨一位比自己小三十岁的小鲜肉，引起众多粉丝和读者的攻击。

我一开始也没搞清楚，问小刘：“她不是单身吗？何谈出轨呢？”

小刘说：“网友认为她永远只属于她笔下的那个人，叫肖洋吧，好像……”

我有点惊讶：“那不应该是她的私事吗？网友们管这个干吗？”

小刘说：“是的，可是……大家说……她是个公众人物，应该做好表率。”

我刚准备说话，小张开口道：“别问为什么了，赶紧救人吧。”

在路上，我继续追问：“她为什么总在热搜榜上？”

小张说：“据说是为了蹭热度，还有人说……他们都认识。”

我问：“事实呢？”

小张答：“我怎么知道！”

的确，谁能知道呢？车辆在路上飞奔，我一看表，现在还是中午，还有十二个小时，来得及。

于是我飞快地赶到了刘涛家，她坐在电脑边，疯狂地回复着这些谩骂。她年过七十，看上去依旧十分健康，头脑灵活，她看见我进来，警觉地问：“谁？”

我说：“警察。”

她离开电脑，把我迎了进去。

我给她讲明所有事情，以及这场游戏的规则，她麻木地看着我，眼睛里透着暗淡的光：“该来的总会来的。”

我问：“你说什么？”

她说：“我现在年过古稀，有时候只想遗忘一些事情，只可惜，儿时的事情无法用技术处理掉，永远存在心头，所以，总想抓紧遗忘，可是现在看来，该想起来的，都逃不掉。”

我没明白她是什么意思，于是说：“其实每个人都有些不堪回首的事情，我来不是为了让你回想起来，而是让你活下来。”

刘涛起身，不停踱步，有些焦虑：“已经死了三个人，有两个我都认识，有一个还是我的朋友，看来凶手是找上我了。”

说完，她叹了口气：“如果我死了，我觉得下一个可能是张蕾的姐姐张蓓。”

我说：“首先，我们来了，你死不了；其次，你怎么知道是她？”

刘涛多了一丝淡定：“这一切，都开始于一起校园暴力。”

刘涛在讲这个故事时，我感觉她的情绪一直在剧烈地波动，大量的回忆被存储在云端，而这个故事，却深深地保留在她的脑海里。

她是个讲故事的高手，这些年的写作，让她能讲出源自内心深处最细腻的故事，何况，这是发生在她身上的故事，每一个细节，都格外生动。

她讲完后，我久久不能平静：“所以，你觉得这一切的黑手都是亭亭玉立文化传媒有限公司的韩晓婷？”

她不说话，像是在思考着什么。许久，她说：“我和这个女人之间，有太多的瓜葛，数不清了，不是她死，就是我亡。”

我说：“好，那我们现在就去找她，在我们找她前，您就待在车库里，哪里都别去。”

我转身跟小张说：“小张，你带刘涛女士去地下车库，记住一定不让她出来，还有，打电话让人把张蓓也带来。”

我看了一眼刘涛，说：“你们老朋友也应该见见面了。”

刘涛没说话，很安静地坐在一旁，回想着，思考着，我能看出她情绪的波动。于是，我决定不打扰她，转身出门，直奔“亭亭玉立”。在路上，我接到了张路的电话。

电话接通后，张路一阵狂轰滥炸：“小柯，我们破解程序了！”

我惊奇地说：“不容易，你再破不了第四条人命也快没了。”

张路说：“整个加密云端被修改了，和微博的热搜联系在了一起，在十二点自动清零，排名最高的人网络系统会被自动定位然后永久损坏，从网络世界里消除。而第二轮攻击是重现此人所有悲痛、后悔的经历，然后无限循环。”

我打断张路：“说人话，能不能说点我们能听懂的？”

张路仿佛没听到我的话，继续说道：“除了两轮攻击外，系统显示，还有第三轮攻击。”

我惊讶地说：“什么？”

张路说：“也就是说如果此人扛过两轮攻击，到了第三轮，是扭曲所有美好的记忆，将它变成最痛苦的记忆。”

我问：“什么意思？”

张路说：“就是你的美丽女朋友，可能变成青面獠牙的怪兽。你拿到毕业证时的欢呼，可能变成荆棘满天的细雨……”

听到这里，我久久不能平静，因为我知道这个技术，而且我正在使用。于是我问：“这表示一定要杀死对方了？”

张路说：“是的，暂时不知道还有没有第四轮攻击。”

我说：“有解吗？”

张路说："对方的技术能力十分强大，除非找到他，让他自己破解。"

我问："能定位出他在哪儿吗？"

张路说："我们正在想办法，他的位置也是加密的。"

我有些愤怒："我不管，今天之前，必须把所有的内容给我调出来，不能死第四个人了！"

张路听见我发火，应了声"好的"，就挂断了电话。

我知道他尽力了，也知道这件事情的严重性，更明白，我们遇到高手了。

我赶到韩晓婷公司楼下时，已经是晚上十点多。

我算了算时间，她们应该到了。进门前，小刘告诉我，刘涛刚刚被护送到地下车库，张蓓也到了，两人都安全。

我挂了电话，忽然一条信息映入眼帘，我惊奇地发现，微博的热搜第一，竟然变成#韩晓婷去死#。

我站在韩晓婷公司的门口，看了看表，心想：这回坏了。

来不及了。

7

世界瞬息万变，稍不留神，就物是人非。

就在我走后，刘涛意识到事态的严重性，她想起自己曾经遭受的职场暴力，想到这一切可能是韩晓婷在背后捅刀。她拿出笔记本电脑，迅速写了一篇文章，直指韩晓婷公司曾经对舆论和文化的破坏。

她有一个粉丝群，信息很容易传播。

的确，自从韩晓婷公司上市后，资本求快的步伐让他们的许多广告语越来越露骨，有些仅仅为了吸引眼球就丧失了底线。

公司越来越大，韩晓婷也逐渐失去控制，有些广告语崇洋媚外，非常惹人烦，却挂在地铁、公交等显眼的地方。

可是，一直没有人以反对的姿态去认真评论，抨击她的公司或者她本人。

这篇文章引起了很大的反响，她从韩晓婷的角度出发，写了一个只知道赚钱的女商人如何破坏传统文化的故事。

文章反响很好，许多人转发并评论，让热度迅速转移。

刘涛的粉丝们也知道了游戏规则，有些人为了帮助刘涛活命，就不停地转发，刷热度，攻击韩晓婷，转移热度。刘涛发完这篇文章，就被我们藏在了地下停车场。

可是，韩晓婷却来不及了。因为再快，一个小时她也到不了那片没信号的土地，而此时，她上了热搜。

我到达韩晓婷公司时，那栋楼里灯火通明，据说这家公司从创立到今天，一直是这样，永远运转着。

前台把我带上五楼，在一间很小的办公室里，我见到了头发斑白的韩晓婷。她抽着烟，像没事一样，十分冷静地看着电脑。

我讲明了此次到来的理由，并告知她游戏规则，还谈到了刘涛的文章。她听完，竟没惊慌失措，只是抬起头，淡淡地问：“是吗？”

她很冷静地摘掉老花镜，没有一丝恐惧的感觉。

我有些着急：“是啊！我能跟你开玩笑吗？”

韩晓婷抽了口烟：“如果是这样，说明我和刘涛的恩怨还没有结束呢。”

她说得十分轻松。

我情绪有些激动：“我不管你们有什么恩怨，我现在需要立刻把你带走！”

韩晓婷看了看表：“还来得及吗？”

我说：“来得及，我们安排了直升机，赶紧走吧。”

韩晓婷叫来秘书汪苒，她也是个头发斑白的女人。这么多年，她们像姐妹，也像亲人，韩晓婷的每句话，汪苒都十分清楚她的潜台词。

她给韩晓婷打包行李，而我在一旁焦急地催促，汪苒正在收拾时，韩晓婷忽然说：“算了，别收拾了。是福不是祸，是祸躲不过，有些事，该到头了。”

我看着韩晓婷淡定的样子，以为是装的，于是用情绪探测器测试，却发现她无比镇定，像是什么事情也没发生过。

汪苒在一旁，流着眼泪。

我问韩晓婷：“你真的不怕你的世界里满是过去的痛苦吗？”

月光照射在韩晓婷的脸上，她看起来很慈祥，就像早就知道自己插翅难逃一样，许久，她回答我：“我现在还不够痛苦吗？”

我不知道她这一辈子经历了什么，但我清楚地知道，事业成功的背后，是她一辈子没有结婚、一辈子没有孩子的孤独。她一辈子都不开心，她没有爱情，没有亲情，只有一个帝王一般的公司和永远花不完的钱。可是，她却十分痛苦和孤单地过着每一天。

我看着表，再抬头看看韩晓婷，她忽然笑了：“我觉得，我们谁也逃不过这些暴力。”

那时，我还没懂那些暴力指的是什么，但第一次见到她，却被她的沉稳深深折服。

她叫来几个高管，简单地交代了公司的发展方向，并且授了权，签了字。

她给了汪苒一张卡，说：“妹妹，谢谢你陪了我这么久，这张卡，够你花了。”

汪苒此时已经泪目，依依不舍，一次又一次地鞠躬，随后被我们拉出了房间。

接着，我陪韩晓婷回到了家，她静静地靠在沙发上。

她的家里，到处是美丽的月季和蔷薇，没想到，在这个时代，竟然还能有这番美景，令我目不暇接。

她请我把桌子上的照片拿给她，我走到桌子旁，看到一位只有一只手的女士的相片，她笑得很慈祥，和韩晓婷很像，想必，这就是她母亲吧。

我把照片递给她，坐在她旁边，陪着她，等待十二点的到来。她抱着照片，微笑着，这是我今天第一次见她笑，笑容温暖。

时钟的指针旋转着，时间到了，我再看着她的眼睛从明亮到无神，然后倒在地上。

我知道她什么也看不见了，她所有的连接系统全部被损坏，接下来，她会经历无尽的空白，然后所有痛苦的回忆会接二连三地前来攻击她。

我无能为力，于是让团队的人把她送往医院并控制起来。

我请张路把这些记忆远程记载下来，只是想知道，她的一生到底经历了什么，最后的微笑，又代表着什么。

几天后，韩晓婷还是离开了人间，准确来说，是脑死亡，身体还活着，却无法再和我们讲话了。

她死的时候，嘴角带着微笑，很幸福的那种，谁也不知道发生了什么。

我忽然在想，是谁害了韩晓婷，是刘涛，是那个背后黑手，还是每一个网民？

或者，其实大家都是施暴者和受害者。

后来，我调出韩晓婷云端的资料，一些断断续续的片段告诉我，她是个苦命的人，从小经历校园暴力，父母在她小的时候都没了，一次又一次的感情受挫，让她一辈子不再相信爱，不再相信感情。她的记忆都是灰色的，没有笑，似乎死前的那段日子，是她最美好的时光。

在她的记忆里，那些魔鬼般的人，都是孩子，本应该天真无邪的孩子。我不知道具体发生了什么，但那些苦痛，似乎是一辈子的。

我隐约猜到了，是校园暴力或者性侵，但我不确定，直到我看到后面，才慢慢发现，她唯一的遗憾，就是有些曾经欺负过她的人，没有得到应有的惩罚。

看完她的故事，我十分感慨。的确，对于未成年人犯罪，我们欠缺更完善的法律去制止这些可怕的行为，也没有相应的科技与制度去抑制这种可怕的人性，直到今天也没有。

这就是为什么现在网络上还会流传那些校园暴力视频的原因，明网和暗网上都有，虽然大家都在痛骂，却依旧没有办法，没有科技和制度去制止。所有的痛骂不过是发牢骚，本质上无济于事。

就好比这害人的网络暴力，不也是一样吗？

谁能为此负责呢？

张路告诉我，韩晓婷之所以在笑，是因为她遭受了第三波攻击，所有的美好都被扭曲了。

可是她一辈子，也没遇到美好的事，那些被扭曲的，反而变成美好的回忆，所以，在那个世界里，她反而笑了。

张路问我：“你说，一个人临死前不停回忆的事情会是什么？”

我说：“最后悔没做的事情？”

张路点点头：“如果是这样，她最后悔的事情，应该是没有爱过吧。她被扭曲的所有情景，都是温馨的，美好的，善良的。”

张路还说：“她一辈子没有爱情，她很渴望爱情，却从不允许任何男人碰她的身体。”

我问：“为什么？”

张路说：“每个人都有秘密，但看起来，伤害她的，不是爱情，而是暴力。暴力伤害了她，而她忘不了暴力，这就等于伤害了她第二次，而以暴制暴，就是第三次伤害。”

我开始心疼韩晓婷，这个外界看起来富裕、成功、潇洒的女人，却有着这样令人叹息的人生，这个苦命的女人，令人叹惋。

但我没时间为她沮丧，因为，下一场游戏又开始了。

8

民众真的愤怒了吗，还是仅仅在刷存在感？

网络暴力和言论自由的界限在哪里？

我们真的知道真相吗，还是只是借此泄愤？

当这些问题浮出水面时，我们应该何去何从？

这些问题是张路问我的，而我无从回答。

四起命案，都成了无头案。

第五个对象，终于轮到我们警察，你没听错，是我们，不是我。

四次无解命案的出现，加上媒体煽风点火，终于使我们上了热搜，从无能为力，变成网友口中的无所作为。

这一次，上热搜的变成了群体，因为微博上的标题是#警察去死#。

公众不知道我们做了什么，他们只看结果，只知道自己纳了税，就有骂人的权利。忽然间，和警察有关的人，人人自危，我们在网上组织反击，却无能为力，因为总有第一名，而许多人又不忍心让其他人完蛋。

分歧产生，舆论四起，这件事情惊动了高层，领导要求所有部门必须重视起来。

韩晓婷死后，刘涛和张蓓回到了自己的家，继续过着小日子，可是接下来，那个地下停车库恐怕要成为我们所有警察的了。

那可不就人满为患了吗？

想到这里，我有些难过：这些年，我们饱受误解，也坚强地活着，有时候我的心也会很凉，但能怎么办，既然选择了前方，就风雨兼程吧。

中午，当我们看到自己上了热搜，着实吓了一跳。因为这一次，我们坐实第一，云端“警察”关键词启动，接下来和警察有关的所有人，都会有危险。

甚至有可能是当过警察的人、喜欢警察的人、家里有警察的人，总之任何和警察有关的人……

有人在群里说，学习刘涛找个替罪羊出来，把热搜冲下去。但这个声音，很快被消灭了。

毕竟我们是警察，是人民警察，而不是流氓。

于是，留给我们的，只有一个办法，抓紧破案。

当天小张对我说了一句话，戳到了我的心：“如果我们都没了，这世界将会黑暗成什么样？”

说到这里，周围好几个兄弟都抹了眼泪。

网络办组织了专案组，要攻克这个难关。

当天，我们也开发了许多没有信号的地下室，可愿意进入里面的兄弟寥寥无几。

我们永远是这样，奋战在一线，不求回报，只可惜有些害群之马，臭名远播，闹得我们名声都不好。

而我一直陪在张路团队身边，希望他能破解出这背后的黑幕，可是，谁也不知道接下来会发生什么。

虽然，我们可能会离开这个世界，但又如何呢？至少我们问心无愧。

夜幕降临前，我们把身为独生子女的警察、女警察、老警察都送进了没信号的位置。

而其他人，一直等到晚上，等着世界的变化和所有人共同的命运。

夜幕降临，月亮划过夜空，变得又大又圆；仙人掌祖露疲倦，似乎准备睡去，而我们打起精神，谁也不敢眨眼，因为今晚，可能是我们的最后一夜。

9

时钟指针过了十二点，夜空中飘浮着几片云彩，我们恐惧地睁开眼睛，提心吊胆地摸摸对方，然后看看周围，调试脑子里的设备。

没有人敢相信自己还活着，大家摸完对方，再摸摸自己，有些人甚至狠狠地掐了自己一下，感到钻心地疼之后，才高兴地跳了起来。

可是，这种高兴只持续了一段时间，大家马上警觉起来，因为谁也不知道，悲剧何时会发生。那一晚，许多人都彻夜未眠，母亲守护着孩子，妻子陪伴着丈夫，网络上一直更新着祝福，人们都沉浸在恐惧中。

直到天亮，大家依然警觉，太阳照耀着每个人焦虑的脸庞，我们从未像今天这样，感到生命的可贵。

我想起小时候，爸爸带我看过的电影《遗愿清单》，里面说如果今天是我人生的最后一天，我会怎么办？想到这里，我有些后悔，自己还有那么多没有做的事，我还没有去追那个喜欢很久的姑娘，又为什么要和一个好兄弟绝交……

后悔的东西太多，可我还有机会弥补吗？

如果再给我一周，不，三天，不，哪怕一天，我也要去做这些事情，绝对不再拖延。

正在我纠结难过，悔恨到无法自拔时，张路在一旁大叫一声：“太好了！”

我吓了一跳，问：“什么太好了？”

张路的电脑屏幕一直亮着。

小张和小刘定睛一看，看到张路电脑上写着一个英文单词：stuck。

小张英文好，马上看明白了，说：“卡住了？”

张路点点头：“是的，昨天人数太多，云端系统卡住了，不能同时下达这么多命令，对方的系统乱码了。”

我似懂非懂地点点头，然后问：“什么意思？”

张路笑着说：“意思就是你们活下来了！”

我只听懂了“活”这个字，一拍大腿，瞬间，人一放松，困意袭来。毕竟一个晚上没睡觉，全靠着意志坚挺着。

张路继续说着：“还意味着，对方是谁，将会浮出水面了。”

我再次醒了过来，马上问：“有消息了？”

张路说：“对方系统乱码瘫痪，一定会从云端下载插件去安装，我已经锁定了这行代码，只要对方开始下载，我就能追踪他的位置，然后锁定犯罪嫌疑人。”

我说：“太好了！终于要把这家伙抓到了！”

小刘有些气愤，刚从死亡线上挣扎出来，难得激动地说：“等我抓到这家伙，非要杀了他不可！”

小张继续说：“我也在网上发一个他去死的标签，让他也感受一下恐惧。”

我没说话，一直盯着电脑，无数的代码一条条地更新着，我后悔上大学没好好学习网络课和编码课，什么也看不懂。忽然，张路大叫了一声：“出来了！”

小刘、小张立刻凑了过来，屏幕上显示着一个位置，清晰地定格在一间小屋，放大来看，地址上清晰地写着三个字：海南岛。

我立刻转身跟小刘说：“小刘，你带一队人，立刻去海南岛实施抓捕，记得一定要保密。小张，你去和宣传部沟通一下，先不要给媒体透露任何官方信息。”

我和张路继续等待，看看下一步进展是什么。

小刘离得远，先离开了办公室，我让他和我随时保持联系，他很清楚地知道，我们这一行的危险和责任。

小刘刚出办公室，我在张路破解的屏幕上，看到了一系列英文，字幕拼接成几个词：the games continue。

小张在一旁说：“游戏继续。”

说完，他也立刻执行任务了。

我叹了口气，因为我实在不能明白，为什么我们这个世界可以允许这么多人犯罪，可以让这么多人实施没有代价的网络攻击。我一气之下，给局长打了个电话。

电话里，我有些激动地讲述了最近发生的事情。

局长听完，非常冷静地说：“小柯，你想让我配合什么呢？”

我情绪激动：“我想让局长你，立刻关闭微博！让微博停运一天！”

局长说：“小柯，你是不是疯了？你觉得在这个民主的世界里，有可能吗？”

我说：“局长，要不然今天又要死一个或者一群人了！”

局长在那边半天没说话，叹了口气，说：“试试吧。”

我说“好”，然后挂了电话。

等待的过程十分漫长，几乎要失去希望。我不太敢奢望什么，因为有些事情，越希望，越失望。

中午，我终于等到了局长的电话，我知道他尽力了。

他问我：“你有三亿美元吗？”

我不解地问：“什么意思？”

他说：“有还是没有？”

我说：“没有。”

他说：“那就闭嘴吧，别说了，咱们谁也赔不起。”

我有些愤怒，对局长说：“难道……钱比人命还重要吗？”

局长说：“你打给更上层吧，只要把所有网络都关掉，谁也别说话，不就没有网络暴力了吗？”

说完，他挂了电话。

在资本面前，难道人命都不重要了吗？我质问道。

可是，渺小的我能做点儿什么呢？

一种不安的感觉油然而生。我坐在家里，对着电脑发呆，看谁会成为下一名受害者。直到小刘打来电话，他告诉我：“哥，我们已经锁定犯罪嫌疑人了。”

我关掉电脑，立刻前往网络办找张路，事情已经到了最关键的时刻。

10

海南三亚，曾经是一个美丽的小岛，如今却因过度开发，周围海水被污染，只剩一些仙人掌还屹立在那里，曾经的绿色早已不复存在。

在一间小屋里，小刘锁定了那股信号，据传来的照片看，小屋很破，不像有人长期居住。

我让小刘立刻实行抓捕，张路在一旁说：“不要。”

我问：“为什么？”

张路给我打开一堆代码，说：“如果他启动这个，我想我们都完蛋了。”

我没看懂是什么，张路说：“这是一个能破坏云端的程序，一旦启动，整个云端会被破坏。”

我说：“这家伙是个天才吗？”

张路点点头，说：“一定是的，而且经验丰富。”

于是，我让小刘团队在那里蹲点，仔细探望，切勿轻举妄动。

而此时，无知的网民们又发起了一次游戏，这次的攻击对象，是一个直播平台的女主播，因为她编了一首歌去讽刺穷人。

她的词很哗众取宠，甚至有些伤人。我听完这首歌时，竟然也脱口而出：“弄死她吧。”

这句话吓了张路一跳，说：“为什么？”

我说：“我怎么感觉在嘲讽我？”

张路说：“那也不能弄死她啊，不该弄清楚原因吗？”

我叹了口气，无奈地笑了笑，知道我也被情绪绑架了。

张路说：“其实情绪谁都有，抱怨一下就好，你发泄在网上，事情总会被放大，无法控制。”

就在这时，小刘告诉我，他们用无人机侦查了那间房屋。屋里没有人，只有一个发射器。

我让小刘团队立刻去那间屋子，查看那个发射器。小刘冲进那间屋子，屋子里有一台很复杂的发射器，还有一杯咖啡，咖啡微热，小刘说：“人没走远。”

与此同时，小刘发现，这间屋子还有个地下通道，通往海边。

他留下一部分人，负责传输信息给我，自己和其他人去追这个恶魔般的天才。

我们通过遗留下来的汗渍、头发等DNA，一边查阅这人的信息，一边让张路团队立刻攻克整个系统。

张路在一旁，不停地敲击键盘，他的团队成员自信地说：“有了那边的信息，这次一定能破解这套密钥了。”

而我焦急地等待着，看着微博上热度不停地飙升，我心痛至极。人们为什么不长记性呢？

可是，我们能做的，除了去保护这些人，别无他法。而一些民众，竟然已经认为这是规则，既然是规则，那遵守就好。真是可笑。

中午的盒饭到了，我们却茶饭不思，一直盯着电脑，牢牢关注着网上的趋势。

此时，小张跑了过来，他拿着一个U盘，大声喊着：“哥，查出来了！”

小张手上拿着的，是通过DNA获取的那人的信息：“这人名叫刘欣欣，原来是‘亭亭玉立’公司技术部总监，后来辞职创业。”

我打开文件，信息传入我的大脑。我明白，这人曾经参与某地的多个网络项目，相关经验丰富。2020 年，为了消灭所有的计算机病毒，他发明了阿尔法程序，却因有些人下载盗版软件，修改了细节，代码出现问题，使得许多网络系统出现漏洞，导致计算机瘫痪，那一年，他饱受争议，成为年度热议人物。

看完资料，我隐隐约约想起了那一年的事情，那时我还小，只记得爸妈经常说什么新一轮的“千年虫”来了，我问爸妈什么是“千年虫”，他们说：“是一种病毒，一旦染上，整个电脑系统都会瘫痪。”

我记得爸妈还说：“现在竟然还有人在研制这样的病毒。”

小张问我：“哥，什么是饱受争议？”

我说：“说白了，就跟现在这些人一样，受到严重的网络暴力。”

小张 2020 年还未出生，所以他问我：“那时已经有网络暴力了吗？”

我叹了口气，说：“每个年代，都有自己的暴力。”

张路在一旁，忽然抬起头：“所以，他做这一切应该是报复了？”

我点点头：“有可能，能调出2020年所有关于刘欣欣和阿尔法病毒的资料吗？”

张路打开电脑，调出了所有资料，资料上写得很清楚：

2020年1月，阿尔法病毒开始使用，旨在消灭所有的病毒 。

2020年3月，因盗版横行，阿尔法病毒失控变成真正的病毒。

2020年4月，多处电脑、互联网受到损害，民众怨声载道，舆论四起，矛头直指刘欣欣。

2020年5月，刘欣欣发文解释病毒和自己的产品无关。

2020年5月，有关部门开始调查。

2020年7月，有关部门发表声明，称现在的病毒与正版无关。

2020年8月，有关部门查封了阿尔法病毒。

网页翻页后，我们吓了一跳，最后一条写的是：2020年12月圣诞节，刘欣欣自杀。

我看着那一年的报道，倒吸了一口凉气。我让张路再帮我搜索刘欣欣的相关信息，张路说：“2020年后，他再也没有出现在公众视野里，云端里也没有他的信息。”

我再次叹了口气，说：“三十年，隐姓埋名，只为了报复世界啊。”

张路说：“你是觉得他伪造了自己的死亡？”

我说：“还有其他可能吗？”

大家都没有说话，小张问：“刘欣欣和死去的几个人有什么联系吗？”

我说：“不知道，查一查吧。”

我打开电脑，开始查阅人脉网。

小张说：“除了就职于韩晓婷的公司，其他的都查不到。”

张路一边吃饭，一边对着电脑，忽然，他的筷子掉在地上，他大喊一声：“坏了。”

所有人围拢过去，看到信息的刹那，我们的腿都软了。

11

那是一个炎热的下午，张路的办公室里挤满了人，每个人都在关心着自己的命运。

张路的那句“坏了”意思是说，这里的许多人都逃不掉了。

经过一周的努力，张路和他的团队破解了整套程序，但留给我们的，不是喜悦，而是满满的恐惧。

原来每天只死一个人，而今天的名单上，足足有三百万人，密密麻麻的，让人目不暇接。

所有人看着名单，张路环视四周，说：“你们知道这些人是谁吗？”

大家摇摇头。

他说：“这三百万人，是曾经参与‘谁去死’活动的普通网民。”

这一句话说完，所有人都哑口无言。

张路继续说：“有些是医生，有些是学生，有些是老师，还有些是警察以及蹭热点的普通人，只要他们曾经参与了网络攻击，今夜，他们的系统就会被立刻关闭，而且会连续遭到三次攻击，或许……”

我说：“或许什么？”

他说：“或许还会有第四次。”

小张问：“第四次是什么？”

张路说：“不知道……”

忽然间，整个办公室的人都安静下来，偌大的办公室里，除了键盘声，就只剩大家的呼吸声，清晰得让人恐慌。

小张再次确认：“每个参与的人吗？”

张路说：“每一个。”

我吸了口凉气，说：“你搜搜有没有刘涛。”

张路在键盘上搜索，说：“有，而且还靠前，她多次参与。”

我说：“那个小姑娘荣荣呢？”

张路："蔡荣？"

我说："是的。"

张路继续搜索，然后说："有。"

小张在一旁，紧张得说不出话，我看了他一眼，问他怎么了。

忽然他跟张路说："你搜搜我。"

张路惊讶地看了一眼小张，还是搜索了。结果出来后，张路点点头，转身说："你怎么也参与这种事情？"

小张低下了头说："我家就是买不起房子……"

我们都知道他骂了谁。

接着，整个办公室都乱哄哄的，像炸了锅，有些人要求查自己，有些人要求查朋友，有些人的声音很大，有些人嘀咕着，我突然有了紧迫感，在乱糟糟的办公室里，几近崩溃。

这时，张路大喊一声："行了！别再说话了！"

所有人都安静下来。

张路喊着："参与过网上谩骂的，谁也跑不掉！系统根本不是为了杀那几个人，是为了报复所有参与网络暴力的人，每一个人！"

张路说完，全场鸦雀无声。有一位同事忽然抽泣起来："我当时为什么要图一时之快啊？我发这个干吗啊？"

我走了过去，把手搭在他的肩膀上："是啊，你为什么要在网上让人去死呢？”

他哭得更狠了，说：“我……以为没有代价，我只想表达一下自己的想法……”

张路盯着电脑，所有人在一边叹着气。

我问张路：“怎么办？”

张路说：“从技术上看，无解。刘欣欣实在是高手，是前辈，有几十年的互联网功力。”

我叫来一个小伙子，让他立刻通知媒体来报道，并组织疏散，配合媒体让这三百万人立刻转移到无信号的地方去。这是我们现在唯一能做的了。

小伙子点点头。此时，所有人都拿出手机，在微博上发出了这条信息。

有时候，微博的信息会成为遗言，会成为自己在世界上最后的记录。

至少那一晚，对这三百万人来说，就是如此。

记者很快赶到我们的办公处，无数媒体开始报道这件事情，自媒体铺天盖地地发着信息。

舆论再次哗然，有人质疑我们的技术，有人质疑当年为什么要让大家安装这套系统，也有人宣泄情绪，更多的人希望我们抓到那个叫刘欣欣的人，只是，再也没有人用××去死的标签了。

所有人只想去解决问题，当一个人说了脏话，开始有了谩骂声后，大多数人都提醒他赶紧删除。

那些曾经在网上骂过人的网友，都疯狂地删除着过去的言论。

当网络暴力有了代价，所有人的言论都开始收敛了。

当有了规则和制度，所有人的交流，即使是在网上，也都规范起来。

可是这一切，是不是已然太晚？

记者还在狂轰滥炸，群众已经开始焦虑骚乱，当天下午，小刘告诉我，他已经锁定了刘欣欣。

这个消息我对谁也没有透露。我让小刘务必保密，然后一个人，当天偷偷飞往海南三亚。

12

我到三亚的时候已经是夜晚，和小刘的团队是在一家餐厅里遇见的。小刘期待地看着我，希望我能带来破解技术的消息，而我只能无奈地摇摇头，说："现在只能靠我们了。"

小刘说："要不就抓捕吧，抓了再说。"

我说："有用吗？就算抓了，他打死不招怎么破解代码又能如何呢？"

小刘无奈地说："唉，也只能这样了。"

当晚，我们包围了刘欣欣住的宾馆，我多次拨通电话，他多次挂断。他很警觉，很快发现行踪已经泄露，自己被包围了。

他给我刚才拨号的手机发了一条信息：就算抓了我，该发生的，还是会发生。

我给他回复：无论发生什么，我都不希望你再受伤。

也许是这一条信息打动了他，也许是他想告诉我什么，一分钟后，他竟然发短信约我见面，并且只让我一人前往。

信息能流露情绪，我能感觉到，他是个受过伤且没人爱的孩子。

他在一家宾馆里。走进去前，我设想了好多种自己死掉的方式，甚至想到了各种变态的死亡方法，不禁毛骨悚然。

我没有坐电梯，因为没时间等，宾馆西边从一楼到三楼有一个安全出口，我走楼梯上去。可我每次抬腿，腿都像灌了铅。

虽然很久没有爬过楼梯了，我却丝毫不敢喘气，直到敲响了那扇门。

门自动打开，一个人背对着我，从背影看来，他是个将近八十岁的老人，却能娴熟地面对电脑打字。他听到我进门的声音，停了下来，安静地等待着接下来要发生的事情。

我关上门，关闭了通信设备，我知道这是他让我做的最基本的两件事情。我也知道，如果不这样做，凭借他的技术能力，也能查得出来。

我不敢说话，因为不知道说什么。

许久，他张口了："想说点什么？"

我说："我只是想和您聊聊天。"

那人头也没回："可以聊聊天，可你又能解决什么呢？事情已经发生了。"

我反驳道："不，我们还有希望。"

他淡定地说："你们没有希望了，世界都没希望了，技术都瓦解了，人心都崩溃了，所以才有了我！"

我坚持说："我调查了您所有的故事，也了解您的过往，您分了两次手，每次都刻骨铭心。您之前假死，都是为了今天。"

他说："往事不要再提了，说说现在吧。"

我逐渐把"您"变成"你"，让对话平等起来："你也经历了几次网络暴力，但我明白，其实都和你无关。"

他说："不，和我有关，所以我来教育他们。"

我说："可是，你有没有想过，他们都该死吗？"

他忽然回头，大喊一声："他们该死，全部都该死！"

我看到他扭曲的脸，他戴着一副眼镜，脸上有一块明显的胎记，就在他发怒失控的瞬间，我打开了脸谱扫描设备，搜索出他的真名，他竟然不叫刘欣欣，而叫王橙宇。

我不知道他为什么要用刘欣欣的名字，时间太短，我也没办法理解他们之间的故事，但我能感觉到，网络暴力同样也伤害了他。

他继续愤怒地嘶喊着：“这个世界上的所有人，都该死，都该立刻被处死！因为他们都是暴民。”

他情绪激动，话语中带着哭腔，这一切给了我更多的时间，让我扫描了他的脸谱和表情。我立刻传输给小刘，小刘在外边第一时间搜索出他的信息给我。

当真相浮出水面时，我后背发凉，吃了一惊。

这些年，这个人为了名声，为了钱财，一直背叛自己，强逼自己喜欢韩晓婷。当他发现自己陷进去时，又被韩晓婷无情地伤害。他像行尸走肉，不停地证明自己，证明自己比刘欣欣厉害，证明韩晓婷把他裁掉是个错误。

他一生都在努力和那个叫刘欣欣的比拼编程技术，只要刘欣欣发明了什么，自己就一定要做出一个更优质的系统，直到刘欣欣发明了阿尔法病毒，彻底击垮了他。他设计出bug，在网上毁坏阿尔法病毒，可没想到，这竟然引发了网络暴力，导致了刘欣欣的自杀。

他以为自己有机会和刘欣欣较量一辈子，可是，网络暴力夺走了刘欣欣的生命，从此，他一无所有。

他厌倦了暴力，痛恨这世界上的每一个人，于是他决定以暴制暴，用暴力的程序，结束所有曾经施暴的人的生命。

于是，这三十年，他一直隐姓埋名，隐蔽在海南，打一枪换一个地方，用不同的程序，发明并完善这套系统，仅仅是为了报复，消灭所有伤害过他的人。

他知道韩晓婷一直在读张峰的文字，也知道韩晓婷喜欢张峰，而张峰拥有巨大的影响力，所以他的第一个目标，就锁定了张峰。他在张峰最受争议时打开系统，发起进攻，开始游戏。

接下来的每一步，都是他在操作，他深知警察一定会找到自己，于是化名为刘欣欣，在网上留下的所有信息——指纹、头发、汗渍都是为了误导，让警察以为是刘欣欣做的，那个死于三十年前的人。

他感觉到我在扫描他的情绪："就算你知道了真相，制止我，抓住我，杀了我，世界会变吗？不会！永远不会！只有我在，只有替天行道，世界才能变得更好。"

我关掉了系统，毕竟当他知道还有其他人监听时，沟通就不自然了，对话也就不真实了。

果然，他平静了不少，慢慢地说："小柯警官，这些天辛苦你们了，跟我玩了这么久，想必你也知道我的过去了。"

我说："不辛苦，我们只想知道背后这个天才到底是谁。"

他说："我不是天才，我是上帝。"

他说得很自信，像是在告诉世界，只有他才能主宰万物。

我说："你怎么会是上帝，你只是个孩子，一个被欺负的孩子。"

他已经快八十岁了，却依旧单身一人，没有爱情，只有功利，没有事业，只有追逐，就像一个聪明却不懂事的孩子。

他笑着说："孩子？我都快八十岁了。"

我又小心翼翼地往前走了几步，很慢，我害怕刺激到他。

他手上拿着电脑，似乎看出我在朝着他的方向谨慎前行，他说："你坐过来吧，我不怕你们杀掉我，因为如果我死了，系统会加速启动。"

于是，我迅速走过去，坐在他身旁。

通过他的温度，我感受到他的虚弱。

我看到他戴着厚厚的眼镜片，电脑里密密麻麻的图标都是我看不懂的程序。他的呼吸很慢，真的像一个孩子。我说："我觉得你是个好人。"

他小声地问："这世界上有好人吗？"

我还没说话，他又说：“人性永远是复杂的，所以，别说什么好人坏人了。”

我问他：“为什么这么悲观？”

他说：“我没有悲观，世界本就是如此。”

我说：“所以，你就要让这世界更加悲伤？这就是你的解决方案？”

他不解地看着我：“只有这些暴民都死了，世界才会安稳，所以，我不是上帝吗？”

我听懂了他的潜台词，他开始阐释的一刹那，我已经对他的行为产生了怀疑。于是，我反驳道：“杀掉他们，世界就会好吗？”

他看了我一眼：“难道不会吗？”

我喊了出来：“不会！当然不会！杀了他们，会有更多的人活在仇恨中，更多的人会伤心、会痛苦、会报仇，他们要更多的人去死！你的系统还会杀更多的人！我们不是要杀人，而是要救人，去救更多的人！”

我越说越激动，仿佛要把这些天的不满都喊出来。

随即，他也喊出来：“我杀了这些人才是为了救人！”

我声音更大：“不是的，不应该把人杀掉，而应该让他们变成更好的人，你知道那个骂张峰的小女孩吗？她还是个孩子，她还能学习，还能通过努力让自己变善良，可你就要关闭她所有的系统，你要杀了她吗？她可能还会有爱情，可能还会有更好的事业，可以帮助更多的人。我们应该推进规则，而不是鲁莽地以暴制暴，这样解决不了问题！”

我继续扯着沙哑的喉咙说：“以暴制暴的结果，只能滋生更多的暴力。”

他仿佛被我说动了，看了我一眼，缓缓地说：“真的吗？”

我拼命点头：“你不就是最好的例子吗？他们对你施暴，你不就开始对世界施暴了吗？”

他咬了咬牙，说：“好，就算我错了，可也来不及了，因为如果我不是上帝，那我就是撒旦！我就是来摧毁这个世界的，我不会改变任何决定，我就想让他们死，哪怕我错了。”

我大喊：“你没错！”

他有些震惊地看着我：“什么？”

我说：“他们才错了，他们该被惩罚，但不是以这样的方式，就因我们没有严格的法律限制这些，网络谩骂没有代价，所以人性才如此散漫，暴力才如此普遍……你没错。”

他继续喊着：“我就是错了！”

听到他这句话，我禁不住流泪了：“你没错，错的，是这个世界！”

他听到我最后那句话，忽然，声音有些哽咽，但他还坚持说：“就算我错了，也要继续下去，我走投无路了……”

我说：“你没错。”

他说：“我错了！我就是错了！”

我继续说：“你没错。”

他爆出撕裂般的吼声：“我错了，我就是错了……”

我走过去，搂住了正在哭泣的他，不停地说：“你没错，你没错，你没错……”

当我搂住他时，耳边是他撕心裂肺的哭声，在我怀抱里的他，不是什么天才，只是个孩子。他感受到了我的温暖，那温暖，是机器永远无法给予的。

13

仙人掌的刺，是很容易刺痛人的。人和人之间，就像人和仙人掌一样，需要一个安全距离。太远容易冷，太近容易疼，那天，我和我的团队拯救了这个世界。

在网上太久，人容易冷血；习惯了仇恨，人容易冷漠。

最后解决问题的，还是人性，也只能是人性。

十二点时，世界上什么也没发生。

王橙宇禁止了自己书写的程序，含泪放弃了自己设计三十多年的作品。在那个房间里的故事，除了我们，谁也不知道。

当我发信息给领导，说一切安全，嫌犯已经放弃继续使用程序时，他们欢呼雀跃，世界安全了。

领导在视频里问我：“你们抓到这个人了吗？”

我说：“刘欣欣是个假名，没人知道真人是谁，但破解了程序。”

小刘在一旁说：“是的，这个名字在电脑里也早就消失了。”

我冲着小刘笑了笑，他也给我偷偷地竖了大拇指。

领导叹了口气说：“好，那就通知网络办的同事，立刻填补所有的系统 bug 吧，不要让这种事情再发生了。”

我说：“好的。”

领导问：“小柯，这件事情的后续，你有什么建议吗？”

我想了想，说：“建议赶紧建规立法吧。”我继续说，“所有的暴力边界都应该有明确的法律规定，比如什么是合理惩罚，什么是校园暴力；比如什么是职场教育，什么是职场暴力；比如什么是言论自由，什么是网络暴力……”

领导说：“好，那你负责写份材料，我们递上去，咱们一起让世界变得更好。”

张路在旁边说：“如果可以，我还希望能够设立一套更全面的网络打分系统，用科技和法律的规定，去制止网络暴力。”

领导点点头，关视频前，他最后说了一句话：“小柯，世界有你们，会越来越好的。”

回北京的路上，小刘问我：“哥，为什么不抓那个叫王橙宇的？”

我说：“抓了有什么意义呢？掀起新的一波网络暴力？”

他笑着点点头，我们在飞机上，开了一瓶啤酒。

仇恨只能滋生仇恨，只有爱，才能打破恶性循环。

如果明天是生命的最后一天，我们还会这么愤怒地在网上咒骂陌生人吗？我们是否会更加珍惜所爱的人，着手于自己想做和必须做的事？

我不知道。但我的脑海里忽然想到了一个姑娘，那个姑娘的脸庞逐渐清晰，我和她之间似乎发生过什么故事，好似刻骨铭心，但又被深深遗忘。

小刘说：“哥，回家后把记忆打开吧，无论她做了什么，那都是你最珍贵的记忆啊。”

我笑着点点头，我已经知道了，那张模糊的脸，是我的前女友。

从飞机上，我看着地面上绿油油的仙人掌，那些赤裸裸的刺中，竟然长出了一簇花。

小刘告诉我，这是我们目前为止拥有的唯一花园，据说我们爷爷奶奶小时候见过的花都在这里，只可惜，现在只有这些了，而且都包围着仙人掌的刺。

我忽然明白，花之刺不稀奇，刺之花才动人。

刺上盛开的花朵，才格外美丽。

就像用爱终结暴力的人，没有以暴制暴的人，都令人敬佩。

每个坏人，其实都是孩子；每个好人，在没有约束时，也都会变成坏人。

想到这里，我的眼里噙满泪水。

后 记

为什么要写这本书

1

2016 年，我跑全国签售到了柳州一所中学。

清新的校服、天真的脸，让我想起自己高中的时光。

可是，之后的事情，令我开始深刻反思。

讲座互动的时候，一位男生刚刚站起来，全班哄然大笑。

他张口后，全班第二次大笑。

接着，我没听清楚他的问题，全班第三次大笑。

后来我才弄明白，这个孩子小时候经历车祸，父亲逝去，母亲一个人拉扯他长大，他的脑子也被撞坏了。

他不合群，也不太喜欢跟人交流，只喜欢在图书馆里看书。

就这样，欺负他的人来了，周围的人要么欺负他，要么看别人欺负他，他成了所有人眼中最可笑的那个人。

我把这一行写成了一篇文章发到网上，没想到，那所学校的高中生，群起而攻之，我的粉丝和他们在网上发起了一场战斗。

我转发了一些他们的留言，几个来回后，事情就明了了。

他们的言语很可笑，有人说："你怎么知道我们是在嘲笑他，我们是在鼓励他。"

有人说："你知道他平时做过什么吗？他在老师面前告状。"

有人说："你侮辱我们学校。"

几天后，学校领导找到我，怕把事情闹大，请我删除微博。我照做了。

随后，那所学校的很多同学都给我道了歉，承认他们确实不该笑，承认他们的确欺负他了，承认自己确实沉默了。

后来，那个男生给我发了一条信息："龙哥，自从你关注之后，再也没有人欺负我了。"

2

从那之后，我发了好几篇文章，关注校园暴力。

我见不得网上那些几个人殴打另一个人的视频，我甚至不觉得那些人是孩子，他们是恶魔，是罪人。

拍出来的毕竟是少数，还有许多没有拍出来，但实实在在存在着。

犯罪没有了惩罚，就开始变本加厉。

我在网上跟我的粉丝说，你们下次再看到这样的信息，随手@我一下。

果然，这些视频，占据了我的思维，我开始过分关注。

在微博上，我转发了许多关于校园暴力的视频。

我转发的每条微博，都引起了关注，同时，很多朋友也给我打了电话，让我不要再过度发言。

我知道他们的好意，在这个世界上，总会有人去关注社会的阴暗面，其实，只有明白了阴暗，才会知道光明的可贵。

所以，我依旧关注着。

我的好朋友宋方金曾经跟我说："写作者是天使，如果写作者不关注世界的黑暗，谁来关注呢？"

随后，越来越多的大 V 也开始了对校园暴力的关注，我也写了不少文章，后来发现，能解决这个问题的，只有两种方式：法律 + 科技。

法律可以加强震慑力，科技可以让黑暗曝光。

3

后来在签售的时候，许多人都跟我聊了自己经历过的暴力。其实，暴力无处不在，从校园暴力到职场暴力再到网络暴力，暴力根本不远，就在每个人身边。

在我开始关注校园暴力后，无数的朋友给我讲了他们的故事，故事情节千奇百怪，五花八门，我才知道，暴力根本不是少数人的经历，而是多数人沉默后必然的结果。

于是，我答应了他们，一定会持续关注。

2017 年，我闭关开始写作，主题设立为“刺”。

刺伤害人，却不易被发现，像极了和平社会里的暴力。

三个月的埋头写作，我在这个故事中无法自拔，时常在噩梦中惊醒，我养成了酗酒的习惯，每次喝到最后，都会失态地喊着：“这世界到底怎么了？”

比校园暴力更可怕的，其实是暴力无处不在：职场暴力、冷暴力、语言暴力和现在广为人知的网络暴力。

故事里的每个人都在主动选择，却又都是受害者。

我也明白了，几篇文章，既然不能够引起深刻思考，那就通过一本小说，让我们一起讨论，一起思考，从而触发更多的行动，改变我们的世界。

这是我的第一本小说，我奉献给了这个主题。

韩国有部电影叫《熔炉》，因为有了《熔炉》，全民开始反思，于是有了熔炉法案，改变了全民对性侵的态度。

法国有部电影《罗塞塔》，推动了童工保护法，从而改变了更多童工的命运。

我希望《刺》可以是这样一部小说：能让我们去思考这个世界该何去何从，能让我们思考我们的行为，从而改变一些什么。

文学足够绝望，生活才能充满希望。

如果你看完这部小说有什么想法，麻烦你发到当当、亚马逊、微博、微信的书评中，依旧，每条我都会去看。

愿你喜欢这本书，希望我们的努力，能让世界更好。

谁应该为这些暴力负责

你读完这本小说后，不知道会不会跟我一样思考这么一个问题：谁应该为这场暴力负责？

这场暴力是连环的，一环接着一环。

如果老师重视了，警察采取行动了，刘涛、肖帅插手了，张家双胞胎意识到问题了，晓婷母亲尚在，韩晓婷会不会有不同的命运？

如果韩晓婷没有被欺负，是不是刘涛的命运也会发生改变呢？

从而王橙宇的命运也变了？

世界也就变了呢？

但我们都知道，任何故事，必然有因果，先拿出果再反推因是没有意义的。

所以，到底谁应该为这场暴力负责呢？

许多读者告诉我：刘涛不过是围观者，她能有什么罪呢？

其实不是。

美国有一条法律，felony murder rule，如果小孩子共同进行一个犯罪行为的话，全部人都要承受最重的惩罚。

曾经有个女生，在一场暴力中，帮忙拿了个包，开车送她们到了天台，被判了三年刑。

她的父母不解，说："为什么？孩子没动手啊！"

法官说："如果她不围观，可能那些孩子下手还没那么狠，就是因为她围观了，还站在一旁鼓励了，所以，事情才变得更严重起来。"

所有的围观，都能造成力量，这些额外的力量，更能伤害那个被施暴的人。

从这个角度说，刘涛虽然没动手，但在美国，她一定是犯了罪的。

美国的法律对校园暴力的惩罚十分严厉，严重到没有人敢轻易越雷池半步。

“刘涛们”其实不是少数。

试想一下，每次暴力发生时，有多少人是去劝架而不是在围观呢？

寥寥无几，甚至可以说没有人。

因为我们从小就被教育，事不关己，高高挂起，各扫自家门前雪，莫管他人瓦上霜。

可是，当暴力开始，只要有一个人制止一下，事情就能变得缓和。

至少让那些越打越兴奋的人明白自己做的是错的。

为暴力负责的人还有很多。

在一所学校里，一个男生曾经动手打了一个女生，导致女生休克，脑部轻微震荡。

几次休克后，女生的父母发现了问题，问女生情况，女生才结结巴巴地告诉了父亲真相。

父亲问女生：“为什么不早说？”

女生说："老师不让说，说如果回家告诉家长，就要被记过。"

这是多么滑稽的事啊，打人的没事，被打的人竟然被警告不让扩散。

为什么呢？

因为面对突发状况，我们永远是一个态度：不要把事情闹大，何必闹大呢？

因为有了这个态度，我们才发现，所有弱小的孩子，永远在被欺凌，所以被欺凌的孩子，永远无处伸冤。

班干部这样，老师这样，警察这样，校长这样……

我在上学的时候，一个孩子在校外找了一群人把一个男生打了，事情闹得很大，直到警察来了，可是他们被带到警局后，只是被教育了教育，就放了出来。

接下来，你猜怎么了？

他们开始变本加厉，直到那个被打的孩子退学了。

的确，惩罚太小，罪犯就变本加厉了，法律没有震慑力，也就失去了威慑的作用。

2016年，我开始在微博上关注校园暴力。

每次转发发声，都有人告诉我："龙哥，发点儿正能量吧，别总是转发这些了。"

还有很多人告诉我:“别再关注了，你能不能管点儿别的？”

每次看到这样的文字，我都会深深地叹一口气。

世界可怕的其实不是冷漠，而是你在热情时，别人告诉你，你是不对的。

从小时候的围观，到今天网络上的冷漠，看来这世界，从来没变过啊。

回到这个话题，到底谁应该为这些暴力负责呢？

答案是，所有人。

这一切是否有解

1

这一切是否有解？

有的。

但光凭道德和教育，恐怕无法解决。

道德只能在特定的时刻发光，教育有时也只是少数人的专利。

所以，解决方案只有两个：法律和科技。

法律约束行为，科技抑制人性。

在网上谩骂的人，往往都是因为没有实名制，骂人成本太低。

许多人骂了别人，自己却关闭了评论。许多施暴者，根本查不到他们真实的信息，连名字都是假的。

就好比那些进行着校园暴力的孩子，他们之所以无所畏惧，是因为许多人根本不是学生，而是一些社会闲杂人等，信息和社交圈都不透明。

暗处的人，永远没有道德限制，道德也限制不了他们。

就好比一个人在没人的地方，更容易随地大小便，随地吐痰。

但倘若一个人的人际网被曝光在网络上，并为自己的言论负责，这个人的行为往往就会受到限制。

因为有限制和约束，暴力才会逐渐消亡。

2

我曾经在一个视频里看到一个孩子一边殴打另一个孩子，一边说：“我们是未成年人，还在受保护啊。”

韩国有关校园暴力的电影《蚯蚓》里那个施暴的男生说：“你去告老师啊，告了能怎么样呢？”

这些无法无天的话，让人很难相信是出自一个孩子口中。

法律如果没有震慑力，规矩如果时常被打破，惩罚如果总是隔靴搔痒，罪恶就滋生了。

如果不重罚，总会有下一例更加令人发指。

让我来为你分享一则来自美国的真实案例：

19 岁的章鑫磊因参与震惊中美的“三名留学生施虐同胞案”获刑 6 年。施暴的另外两人也是来自中国的留学生。他们将受害者刘某的衣服扒光，穿着高跟鞋踹她，扇耳光并用烟头烫伤她，还剪下她的头发强迫她吃下去。

当他们和他们的家长以为可以用“他还是一个孩子”等言辞来“摆平”在国内看上去非常常见的校园暴力时，等待这三个孩子的，是最短 6 年、最长 13 年的刑期。

当问到法官为什么判刑这么重时，法官说，这是一个提醒，必须抓到一例判一例，绝不姑息。

这样才能杜绝下一次类似的事情发生。

法律提高道德，威慑力控制暴力。

3

除了法律，还有技术能抑制人性。

微博这些年开发了申诉、投诉功能，也加入了信用值，针对在网上恶意造谣攻击他人的人，可以发起投诉，然后降低他的信用值。

这些信用，是否会形成一个强大的网络，直接与人们的生活息息相关，比如信用低的以后上学、买房、读书、借贷都会受到影响？

我们拭目以待。

但这些年，技术暴露了人性的缺失和肮脏，同时改变了许多人性的阴暗难堪。

比如买东西时，我们再也不用担心被宰，因为有了技术，无论在购买之前还是购买之后，我们都可以和商家取得联系。

比如屏蔽功能，我们可以再也不用接到那些我们不喜欢的人的电话，看到他们的动态。

比如我们再也不用相信那些冥婚、吃花生生男孩的谣言。

谢谢科技，信息平等了。

但会不会有一天，信息能更加强大，网络世界里不会再充满侮辱和谩骂？会不会有一天，我们有一套良好的信用体系，把网络和现实更完美地结合呢？

我不知道，但我知道，把这件事情拿出来和大家一起探讨，可能会有更好的结果。

当有了这些推动，我们的暴力是否能变成爱呢？

4

最后，再次谢谢你选择了这本小说。

这是我的第一本小说，它写得很沉重，写得很用力，但它透着满满的诚意。

这本小说，我会请我的很多朋友为我站台推广，希望有一天，当我有了孩子，当我老了，能骄傲地跟他们说，爸爸关注过这些暴力，为世界增添了一些爱。

小说截稿时，正好是我双胞胎姐姐预产期的最后一周，我知道，我要成为舅舅了。

我也知道，有一天，我也会成为父亲，我身边的同学都会成为父亲或母亲。他们的孩子，在学校、在社会、在网络上，会不会受到同样的暴力？

其实，这本小说，也是送给每个孩子的，希望你们在未来，生活能免于恐惧和暴力。

能在花中成长，而不是被刺包围。

这本书我依旧会跑一些签售，跟你们见面。

天南海北，我都会赴约。

记得带着你的书和人来见我，我们聊聊这本小说，讲讲背后的故事。

最后，你看完这本书后，可能会问：这个故事的主人公是谁？

是韩晓婷？是刘涛？是小柯？还是谁？

其实，这个小说的主人公不是人，而是暴力。

的确，小说的主人公，是暴力。

我们探讨的问题是，以暴制暴究竟是不是解决问题的方法？

我不知道，但我明白，如果法制更健全，一切会变得更好。

我期待这一天的到来。

愿这世界平安，如你我一般。

李尚龙

2017 年 9 月于北京